일본 비즈니스 매너

하야마 마사코(葉山昌香)

제이앤씨
Publishing Company

머리말

　지금으로부터 20년 전에, 일본유학을 결심하고 부모님께 말씀을 드리고자 찾아뵈었을 때, 부친께서 해주신 말씀이 아직도 생생합니다. 저의 부친께서는 일제강점기치하를 직접 몸으로 겪으신 분이시라, 행여 반대라도 하지 않으실까 걱정이 되었으나 의외로 흔쾌히 승낙을 해 주셨고, "일본은 배울 점이 많단다. 일본의 국화가 벚꽃인 것은 너도 잘 알고 있지? 벚꽃은 꽃 한 송이보다도 모든 꽃망울들이 한번에 어우러져 피기 때문에 더욱 아름답게 보이는 거란다. 그것은 일본인의 단결을 뜻하는 거지, 일본에 가면 일본인들의 좋은 점만을 배워, 나라의 힘이 되거라"라는 말씀을 해 주셨습니다.

　이 책은 일본과의 비즈니스에 있어서 저자의 경험을 토대로, 실전에서 필요한 내용들을 모아 꾸며 보았습니다. 실무상 많은 보탬이 되시기를 바랍니다.

　일본속담에 "商いは牛のよだれ아키나이와 우시노 요다레"라는 말이 있습니다. "장사는 소가 흘리는 침처럼 가늘지만 길게 하는 것이다"라는 뜻으로, 일본인의 비즈니스 스타일을 잘 알 수 있는 속담이라고 생각됩니다. 길게 거래를 하려면 역시 신용이 소중합니다. 거래하는 상품도 중요하지만, 상대방의 배려도 또한 소중합니다. 상대방에 대한 배려는 역시 매너를 갖추어야 합니다. 매너는 각 나라마다 차이가 있는데, 특히 일본인은 매너에 민감합니다. 일본의 서점에는 비즈니스 매너 전문코너가 있어 사회의 신입생들은 비즈니스 매너를 별도로 공부합니다. 언어에 있어서도 일반회화와 비즈니스용어와는 차이가 많이 있으니, 이점, 꼭 유념하시는 것이 좋을 듯합니다.

　마지막으로 이 책의 발간에 힘써주신 제이앤씨 출판사의 여러분께 진심으로 감사드립니다.

하야마 마사코

차 례

제11과　비즈니스 문서와 사적문서 / 125

일본 비즈니스 매너

제1과
기본 인사편

제1과
기본 인사편

1 인사의 기본 법칙

인간관계를 원만하게 하기 위해서는 기초 중에 기초가 인사이다. 비즈니스에 있어서도 그 사람의 인상과 회사의 이미지가 좌우된다. 기본이기에 더욱더 마음을 기울여야 할 것이다.

일본사회는 인사 하나만 해도 시간, 장소, 지위 등에 따라 표현이 다르니, 실례가 되지 않도록 각별히 주의하자.

1. 인사를 할 때는 상대방과 시선을 마주친 다음
2. 시간, 장소, 상황과 상대에 맞는 인사말을 전한다(예; おはようございます ; 오하요우 고자이 마스 오전중의 인사)
3. 인사말이 끝나면 허리를 굽힌다. 인사말과 허리를 동시에 굽히는 것은 좋지 않은 인사 법이다.

출근했을 때나 오전 중에 만났을 때	안녕하십니까	おはようございます	오하요우고자이마스
오후에 만났을 때	안녕하십니까	こんにちは	고온니찌와
저녁에 만났을 때	안녕하십니까	こんばんは	고온방와

회사 내에서 사원간에 인사나누기	수고하십니다	お疲れ様です	오쯔까레사마데스
입실 또는 퇴실할 때	실례하겠습니다	失礼いたします	시쯔레이이타시마스
회사 내에서 방문객과 마주쳤을 때	어서오십시오, 안녕하십니까(오후)	いらっしゃいませ、こんにちは	이랏샤이마세, 고온니찌와
업무 중인 상대에게 말을 걸 때	업무 중, 실례합니다	お仕事中、失礼いたします	오시고토츄, 시쯔레이이타시마스
의뢰할 때, 부탁할때	잘부탁합니다	よろしくお願いいたします	요로시꾸오네가이이타시마스
부탁 받은 내용을 승낙할 때	알겠습니다	かしこまりました 또는 承知いたしました	카시코마리마시타 쇼우치이타시마시타

주의

1. 인사를 할 때는, 작업 중에도 손을 멈추고, 상대방의 얼굴을 보고 인사할 것.
   일을 하는 상태로 인사하는 것은 상대방에게 실례가 된다.
2. 손윗사람에게는[ご苦労様 ; 고쿠로사마]는 사용하면 안 된다. 손윗사람이 손 아랫사람에게[고생하십니다]라는 뜻이 담겨있는 말이다. 비즈니스 에서는 언제, 어느 때나 [お疲れ様です ; 오쯔까레사마 데스](수고하십니다)]를 습관화 하자. お疲れ様でした ; 오쯔까레사마데시타]는(수고하셨습니다)

2 회사의 조직도

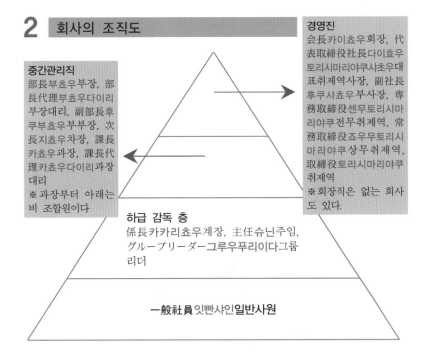

중간관리직
部長부쵸우부장, 部長代理부쵸우다이리부장대리, 副部長후쿠부쵸우부부장, 次長지쵸우차장, 課長카쵸우과장, 課長代理카쵸우다이리과장대리
※과장부터 아래는 비 조합원이다

경영진
会長카이쵸우회장, 代表取締役社長다이효우토리시마리야쿠샤초우대표취제역사장, 副社長후쿠샤쵸우부사장, 専務取締役센무토리시마리야쿠전무취제역, 常務取締役죠우무토리시마리야쿠상무취제역, 取締役토리시마리야쿠취제역
※회장직은 없는 회사도 있다.

하급 감독 층
係長카카리쵸우계장, 主任슈닌주임, グループリーダー그루우푸리이다그룹리더

一般社員잇빤샤인일반사원

 첫 대면 인사나누기의 기본회화

이부장　はじめまして。大韓商事のイです。よろしくお願い致します。
　　　　　하지메마시때. 다이칸쇼우지노 이데스. 요로시쿠 오네가이 이타시마스.
　　　　　처음 뵙겠습니다. 저는 대한상사의 이입니다.
　　　　　잘 부탁합니다.

福本　　はじめまして。日本商事、専務の福本です。こちらこそ、
　　　　　よろしくお願いします。
　　　　　하지메마시때. 니혼쇼우지, 센무노후쿠모토데스.
　　　　　코치라코소 요로시쿠 오네가이시마스.

처음 뵙겠습니다. 일본상사, 전무인 후쿠모토입니다.
저야말로 잘 부탁합니다.

 거래처에 상사를 소개하기

이부장　福本さん。ご紹介します。弊社の社長のキムです。
　　　　후쿠모토상. 고쇼우카이시마스. 헤이샤노 샤쵸노 키무데스.
　　　　후쿠모토씨. 소개하겠습니다. 저희 회사의 사장인 김입니다.

> **주의** 자신보다 직책이 위라고 해도, 상대방 회사에 소개할 때는 반드시 경칭을 빼고 성만을 얘기한다. 이때는 직책을 먼저 얘기하고, 성을 나중에 소개한다. 弊社는 자신이 소속하고 있는 회사를 낮춰서 말하는 표현이다. 자신을 낮춤으로 인해 상대를 높인다.

김사장　はじめまして。キムです。いつもお世話になっております。
　　　　これからもどうぞ、よろしくお願いします。
　　　　하지메마시테. 키무데스. 이츠모 오세와니 나떼 오리마스.
　　　　고레카라모 도우조 요로시쿠 오네가이시마스.
　　　　처음뵙겠습니다. 김입니다. 늘 신세지고 있습니다.
　　　　이후로도 잘 부탁드리겠습니다.

> **주의** 자기소개시에 자신의 이름 뒤에 「さん」을 붙이는 경우를 본 적이 있는데 절대로 금물이다. 「さん」은 상대방을 높이는 존칭어 이므로 자신을 높이는 격이다. ○○님과 같이 사용한다. 「いつもお世話になっております」는 영업상 인사이다. 늘 입버릇처럼 사용하는 말이니 익혀두도록 하자.

福本　はじめまして。福本です。こちらこそ、よろしくお願いします。
　　　　하지메마시떼. 후쿠모토데스. 코치라코소, 요로시쿠 오네가이시마스.
　　　　처음뵙겠습니다. 후쿠모토입니다. 저야말로 잘 부탁합니다.

제2과
경례편

제2과
경례편

1 경례의 종류와 사용용도

경례의 포인트는, 깊이와 고개를 숙이는 속도에 있다. 상대방과 시선을 맞춘뒤 천천히 고개를 숙이는 것이 기본이다.

경례의 방법
1. 걷고 있을 때는, 일단 걸음을 멈추고, 자세를 바르게 하고, 상대방과 시선을 맞춘다.
2. 인사말과 행동을 동시에 하지 않도록, 인사가 끝나고 고개를 숙인다.
3. 고개만 숙이지 않도록, 허리부터 상체를 숙인다.
4. 고개를 들면, 바른 자세로 상대방과 시선을 맞춘다.

남자
양팔은 바지선에 나란히 하고, 차렷 자세로.

여자
양팔은 팔꿈치를 가볍게 구부리고, 몸 앞으로, 왼손을 위로 한다.(왼손은 비교적 많이 사용하지 않기 때문에, 오른손에 비해 아름답기 때문)

3종류의 경례를 그림을 참고로 연습해 보자

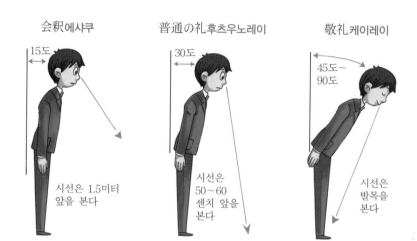

会釈 에샤쿠

15도

시선은 1.5미터
앞을 본다

普通の礼 후츠우노레이

30도

시선은
50~60
센치 앞을
본다

敬礼 케이레이

45도~
90도

시선은
발목을
본다

제3과
명함교환 10의 법칙

제3과
명함교환
10의 법칙

명함의 교환은 자신의 이름을 상대방에게 알리는 절호의 찬스이다. 일견 간단하게 보이는 명함 교환이지만, 이 명함교환에는 여러 가지의 법칙이 있다. 여기에서는 기본적인 명함을 주고, 받고, 받은 명함을 처리하는 방법 등을 소개하겠다.

① 명함교환의 철칙

상대방이 자신보다 입장이 위인 경우, 예를 들어 비즈니스 상의 판매자의 입장 일 경우에는, 먼저 상대방의 명함을 받는 게 철칙이다. 이것은 상대방에 대한 경의를 표하는 뜻이다. 특히 상대의 연령이 중년 이상인 경우에는 특히 유념하자.

자신이 구입의뢰자인 경우, 명함을 먼저 건네주어도 상관 업으나, 상대보다도 연하인 경우에는 실례가 될 수도 있으니 명함을 먼저 받는 것이 무난할 것이다.

② 명함을 내밀면서 회사명과 이름을 말한다

앉아있을 경우, 반드시 일어서서 고개를 숙여 인사하고,

「○○社の△△部の××と申します」

　　○○샤노 △△부노 ××토 모우시마스

[○○사의 △△부의 ××라고 합니다]
라고 자기소개를 하면서, 명함을 상대방 쪽으로 돌려(이때 상대방이 읽는
방향으로 글자가 가게 한다)양손으로 가슴정도의 높이로 내민다. 테이블
이나 장애물을 사이에 두고 명함을 건네는 것은 매너위반이니 주의 하도
록 하자.

③ 명함 받는 법

명함을 받을 때는 양손을 내밀어 오른손으로 상대의 이름부분을 손가
락으로 가리지 않도록 주의 하면서 받고
「頂戴します」
쵸우다이시마스
[잘 받겠습니다]
라는 말을 덧붙인다. 왼손은 오른손을 받치듯이 하면서 받는다.
명함을 건네주고, 받는 것이 동시일 경우에는 오른손으로 내밀고, 왼손
으로 받는다.
오른손은 신속하게 왼손을 받치듯이 하고 양손으로 받는다.

④ 상대방의 이름을 확인한다

명함을 받은 자리에서
「○○様でいらっしゃいますね」
○○사마데 이럇샤이마스내
[○○님이시네요?]
라고 이름을 확인 하는 것이 바람직하다.
만약, 이름을 읽을 수 없을 때는(알아도 확인 하는 게 바람직하다)
「どのようにお読みすればよろしいですか?」
도노요우니 오요미스레바 요로시이데스카?
[(성함은)어떻게 읽습니까?]라고 솔직하게 물어보아도 실례가 되지 않
는다.

고유명사, 특히 인명이나 지명은 「当て字」 아테지라고해서 한자를 어거지로 갖다 붙인 말들이 많기 때문이다. 나중에 이름을 잘 못 알고 불렀을 때, 실례가 되니 각별히 신경 쓰도록 하자.

5 명함교환의 순서

상사와 함께 거래처를 방문 했을 때는, 상사와 상대방의 명함교환이 먼저이다. 부하는 상사의 비스듬하게 뒤쪽에 서서, 손에 명함을 준비해 대기하고, 상사의 명함교환이 끝나면, 법칙1과 법칙2에서 설명한대로 한다.

6 상대방이 다수 일 때

상대방이 여러 명일 경우는, 맨 처음 누구와 명함교환을 해야 할 지 망설이게 된다.

이럴 때는 상대방을 잘 관찰해, 직책이 높은 사람부터 명함교환을 하는 것이 원칙이다.

7 받은 명함은 어떻게?

받은 명함은, 받은 즉시 집어넣으면 안 된다. 상담이 끝날 때까지 자신의 테이블 앞쪽에 놓고 면담 하는 것이, 상대의 얼굴과 이름을 기억하기에도 편리하다. 여러 장의 명함을 열거 할 때는 직책이 높은 순으로 놓는다. 위에서 아래로 놓을 때는 물론, 위쪽이 상사이다. 옆으로 배열 했을 때는 오른쪽이 상사이다.

8 명함을 준비 못했다. 어떻게?

만일 명함을 준비하지 못했거나 부족 했을 때에는 정중하게 사과를 한다.

「申し訳ございません。ただ今名刺を切らしておりまして」모우시와케 고자이마센, 타다이마 메이시오 키라시테 오리마시테 [죄송합니다. 지금 명함이 가진 게 없어서]라고 말하고, 법칙1과 같이 회사명과 소속부서, 이름을 얘기하고 상대방의 명함을 받는다.

　명함을 준비 못하는 것은 사회인으로서 실격이니, 명함은 명함집 이외에도 수첩이나 지갑에 넣어두면 비상시에 유효하게 사용 할 수 있다.

⑨ 명함을 집어넣는 타이밍

　상담이 거의 끝나겠다고 생각 될 때, 테이블 위에 놓인 명함을 명함집에 넣자.

⑩ 명함의 보관에 대해

　받은 명함은 귀사 하는데로 명함 뒷면에 만난 일자, 상대방의 특징 등을 적어 두면 시간이 지나도 상대방을 기억 하는데 보탬이 될 것이다. 특히, 상대방의 출신지라든지, 취미, 좋아하는 음식 등도 메모해 두면 오랜만에 만나더라도 대화가 원만할 것이다.

내객을 안내 할 때

내객을
안내 할 때

내객이 접수에 도착 해, 접수에서 호출이 왔을 때는, 하던 일을 멈추고 신속하게 접수까지 마중을 나간다. 내객에게 [いらっしゃいませ이랏샤이마세(어서오십시오)]라고 인사, 경례하고 응접실까지 안내한다. 응접실에 안내 할 때는 입구로부터 먼 좌석이 상석임으로 좌석에도 배려가 필요하다.

1 내객에게 마실 것을 낼 때의 주의

1. 손님이 응접실에 들면 바로 마실 것을 준비한다.
2. 마실 것이 준비되면, 잔은 접시를 깔고, 쟁반에 올려 응접실로 가지고 간다. 쟁반을 드는 위치는 가슴높이로 든다. 쟁반에 행주 등을 올려놓으면 비상시에 편리하다.
3. 응접실에 들어 갈 때, 노크를 하고 문을 연 다음, 가볍게 고개를 숙인다. 내객에게 [이랏샤이마세]라고 인사를 한 뒤 응접실 안으로 들어간다. 차를 낼 때는 어떠한 경우에도 손님부터. 손님이 여러 사람 일 경우에는 상석부터 순서대로 내는 것이 기본. 차를 낼때, 손님의 왼쪽으로 내는 것이 원칙이나 케이스 바이 케이스.
4. 차를 낼 때는 조용하게 놓고, 테이블 위에 서류가 많을 때는 상사에게 [어느 쪽으로 놓을까요?]라고 물어, 지시를 받는 게 좋을지도?
5. 차를 낸 다음, 쟁반의 위쪽을 바깥으로 해 겨드랑이에 끼고, [失礼致

します시쯔레이 이따시마스](실례 하겠습니다)라고 말하고, 가볍게 경
례한 뒤 퇴실한다.

6. 미팅이 길어질 경우, 응접실의 문을 노크하고 [失礼します시쯔레이시
   마스](실례합니다)라고 한 뒤, 상사에게 [마실 거 더 하시겠습니까?]
   라고 의향을 묻는 게 좋겠다. 잔을 거둘 때는 접시 째 거두어 쟁반
   에 올리고, 퇴실 한 뒤, 새로운 차를 낸다.

7. 손님이 돌아가시면 신속하게 잔을 치우고, 테이블 위를 깨끗하게 닦
   아 놓는다. 잔을 방치한 상태로 다음 손님의 눈에 띄었을 때 불쾌감
   을 줄 수 있다.

주의
- 왼손에 쟁반을 들고, 오른손으로 잔을 내는 게 기본이나, 숫자가 많을 경
  우에는 쟁반을 테이블 위에 놓고, 한 사람 씩 잔을 내는 것도 좋다.
- 모양이 그려져 있는 찻잔은, 그림이 그려져 있는 쪽을 손님 앞으로 돌려
  놓는다.
- 커피나 홍차를 낼 때는, 스푼이 손님 앞으로 오게끔 놓는다. 컵에 딸린
  손잡이의 방향은 그다지 신경 쓰지 않아도 된다.
- 2잔 이상 차를 낼 때는, 처음에 낸 차와 다른 것으로 하는 게 좋다. 그
  때는 손님에게 무엇이 좋은지 물어도 실례가 되지 않는다.

---

2 맛있는 녹차를 내는 방법

녹차는 향기를 즐기기 때문에 팔팔 끓는 물을 사용하면 향기가 준다.
일반적으로 가장 많이 사용하는 녹차는 센차라고 하는 데, 70℃~80℃의
온도가 가장 적합하다. 차를 내기 전에, 잔에 뜨거운 물을 담아, 잔을 데
워 놓으면 더욱더 좋다. 몇 잔의 차를 따를 때는 균등하게 조금씩 여러
번에 나눠서 따르면 색깔도 균등하고, 맛도 좋다. 여기에서 심리작전으로,
일본에서는 녹차의 줄기(녹차의 잎 중에서도 줄기가 있다. 녹차를 수확하
는 과정에서 꼬투리를 뜯어 가공 하는 데, 잎과 줄기 부분이 섞여있다.

사용하는 부분은 줄기 부분이다.)가 서면 좋은 일이 생길 길조라고 하는 풍습이 있다. 영리한 사원은 이러한 사사로운 데에도 계산을 한다. 더불어 차 잎을 세우는 데는, 차의 한쪽을 눌러서 갈라지도록 한다. 가벼운 쪽이 위로 뜨기 때문에 완벽하게 세울 수 있다. 손님이 마음속으로 "아, 이 회사하고 거래하면 좋은 일이 있겠다"라고 생각할 지도! 의외로 높은 성과가 있다. 유명한 '쯔리바카 일기(낚시 좋아하는 셀러리맨의 이야기)'에서도 등장할 정도다. 한번 시도해 보자.

차를 잔에 따를 때는, ①→②→③→③→②→①의 순서로 따르면 맛이 균등하다.

쟁반 위에 컵 받침과 잔은 따로 놓고, 깨끗한 냅킨을 준비하면 흘리거나 했을 때에 신속히 처리 할 수 있어 편리하다.

일본 비즈니스 매너

제5과
내객을 배웅 할 때

제5과
내객을
배웅 할 때

내객은 엘리베이터까지 배웅 하는 것이 일반적이다. 방문에 대한 감사의 마음을 표현하자.

1 배웅의 기본

1. 방문에 대한 예를 표한다	용건이 끝나면 방문에 대한 예를 하자. 「本日は、どうもありがとうございました」 혼지츠와 도우모 아리가토우 고자이마시타 [오늘은 대단히 감사합니다] 용건을 마칠 때는, 방문객이 용건을 끝내는 게 원칙이다. 먼저 자리에서 일어나면은 서둘러 내보내는 듯한 느낌을 받을 수도 있다.
2. 자리에서 일어나기	방문객이 갈 준비가 끝나면 자리에서 일어나자
3. 문을 열어 준다	방문객 보다 먼저 출입구로 가, 문을 열어 준다. 방문객이 나갈 때까지 문이 닫히지 않도록 한다. 「どうぞ」도우조라고 권한다.
4. 엘리베이터까지 앞장선다	방문객을 엘리베이터 까지 안내할 때는, 방문객의 사선 앞으로 선도한다. 엘리베이터의 버튼을 누르고, 방문객이 엘리베이터에 탈 때까지 기다린다.

5. 고개를 숙여 배웅 한다	방문객이 엘리베이터를 타고, 이쪽으로 향했을 때, 인사를 한다. 「では、こちらで失礼致します」데와 코치라데 시쯔레이 이타시마스(그럼, 여기에서 실례하겠습니다) 엘리베이터의 문이 닫히기 시작하면 고개를 숙인다. 엘리베이터의 문이 완전히 닫힐 때 까지 고개를 들지 않는다.

2 배웅 할 때 사용하는 인사말

本日はご足労いただき、ありがとうございました	혼지츠와 고소쿠로이타다키, 아리가토우 고자이마시타	오늘은 발걸음 해 주셔서 감사합니다
お忙しい中、わざわざお越しいただきまして、ありがとうございました	오이소가시이나카, 와자와자 오코시 이타다키마시테, 아리가토우고자이마시타	바쁘신데, 일부러 와 주셔서 감사합니다
今後とも、よろしくお願いいたします	코온고토모, 요로시쿠오네가이이타시마스	이후로도, 잘 부탁하겠습니다
お気をつけてお帰りください	오키오츠케테 오카에리쿠다사이	조심해 가십시오

3 배웅을 간단하게 할 때

응접실 앞에서 배웅을 마출 때는, 방문객이 문까지 따라 나왔을 때 「では、こちらで失礼致します」데와 코치라데 시츠레이 이타시마스(그럼, 여기에서 실례하겠습니다)라고 하고 고개를 숙여 인사하고 배웅한다.

응접실 밖까지
관계가 그다지 깊지 않은 상대나, 오래 사귀어서 허물없는 사이에는, 응접실 밖까지 배웅해도 좋다

건물입구까지
중요한 거래처나 직책이 높은 사람이면, 함께 엘리베이터를 타고, 건물출입구까지 모신 다음 정중하게 인사하고 배웅한다

승용차까지
중요한 거래처나 직책이 높은 사람이 승용차로 방문 했을 때는, 상대가 차에 타면 다시 인사를 하고, 차의 문이 닫히면 고개를 숙인다

일본 비즈니스 매너

제6과
업체방문의 6법칙

제6과
업체방문의 6법칙

타사를 방문할 때는, 자신이 회사를 대표하고 있다는 사실을 항상 염두에 두고, 행동이나 말씨, 매너에 주의를 기울이자.

거래처의 담당자 이외, 안내접수나 차를 내주는 직원 등에 대해서도 웃는 얼굴과 인사를 배려하자.

1 사전에 방문의 약속을 정하자

방문에 앞서, 전화 등을 통해 일정을 잡는 것이 최소한의 매너이다. 어포인트먼트「アポイントメント」아포인토멘토를 비즈니스용어로「アポ」아포라고 간단하게 말한다.

예약은 희망일로부터 약1주일에서 10일전쯤에 잡는 것이 무난하다.

방문의 목적, 일시, 미팅의 소요시간, 방문 인수, 이름 등을 전하고 상대방의 승낙을 얻는다. 방문전일 아포를 재확인 해 두는 게 좋다. 만일 변경사항이 있을 경우에는 상대방에게 미리 연락을 한다.

2 10분 전에는 도착 할 것

약속시간보다, 모자라도 10분 전에는 도착하는 것이 사회인의 상식이다. 미리 도착해서 주변에서 시간을 보낼 정도의 여유를 가지고 방문하자. 거래처에는 너무 빨리 방문해도 실례이니 10분전에서 5분전쯤이 좋다.

만일에 약속시간보다 늦어질 경우에는, 약속시간 이전에 전화를 해, 사죄를 하고, 몇 시 몇 분쯤 도착할 예정 인가를 전한다. 만일을 위해, 방문회사의 전화번호(담당자의 전화)는 바로 알 수 있도록 수첩에 메모하거나 휴대폰에 입력해 두자.

약속시간에 늦었을 경우, 도착하는 데로 사죄하고, 변명은 하지 않는 것이 좋다.

3 안내접수에서의 대응

거래처에 도착하면 안내창구로 가, 자신의 회사명을 얘기하고, 방문상대의 부서명과이름, 몇 시의 아포 인가를 전한다.

4 응접실에 안내를 받았을 때

응접실에 안내 받으면, 기본적으로 상대가 권하는 자리에 앉는다.

그러나, 「ただいま○○(담당자의 이름; 이때 자신의 소속회사의 직원은 자신보다 상사라 하더라도 さん을 붙이지 않는다)を呼んでまいりますので、少々お待ちください」타다이마 ○○오 욘데 마이리마스노데 쇼우쇼우 오마치 쿠다사이[지금 ○○를 불러 오겠으니 잠시만 기다려 주세요]라고 하고, 특별히 좌석 지정이 없었을 경우, 기다리는 동안 일단 하석에 앉아 기다리는 게 매너이다.

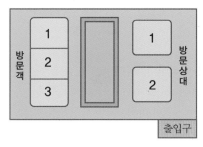

　위의 그림을 참고로, 상대방이 올 때까지, 서성거리지 않고 자리에 앉아서 기다리도록 하자. 상대방이 오면 자리에서 일어나 인사를 나누고, 상대가 상석을 권했을 경우에는 자리를 이동해 앉는다.

　상사나 선배와 함께 방문 했을 때는, 상사나 선배보다 하석에 앉는다. 상사나 선배가 개의치 않는다 해도, 거래처사람으로 보았을 때, 상식이 없다는 인식을 보여줄 수도 있다.

　또, 방문처 에서 담배를 피거나, 앉을 때 다리를 꼬아 앉는 것도 실례이다.

5　인사

　상대가 오면 먼저 「本日はお忙しい中お時間をいただきまして、ありがとうございます」혼지츠와 오이소가시이나카 오지칸오 이타다키마시테 아리가토우고자이마스[오늘은 바쁜 와중에 시간을 내 주셔서 감사합니다]라고 만나준 데 대한 예의를 표한다. 용건을 마쳤을 때도, 위와 같이 다시 한번 예를 말한다.

6 용건을 마치는 타이밍

　용건을 마치면 신속히 퇴장하는 게 매너이다. 상대방에게 배웅하는 수고를 덜어주기 위해, 응접실을 나오면 이쪽으로부터「こちらで失礼させていただきます」코치라데 시츠레이 사세테 이타다키마스[여기서 실례 하겠습니다]라고 인사하고 고개를 숙인다.

 방문회사, 안내창구에서의 회화

受付①　いらっしゃいませ。どんなご用件でしょうか?
　　　　우케츠케 이럇샤이마세. 돈나 고요우켄데쇼우카?

접수　　어서오십시요. 어떤 용건이십니까?

葉山①　失礼致します。大韓商事の営業部の葉山と申します。
　　　　購買課の山本様に、3時にお約束をいただいております。
　　　　시츠레이이타시마스 다이칸쇼우지노 에이교우부노 하야마토 모우시마스 코우바이카노 야마모토사마니, 산지니 오야쿠소쿠오 이타다이테 오리마스

하야마　실례합니다. 대한상사의 영업부의 하야마라고 합니다.
　　　　구매과의 야마모토님과 3시에 약속이 되어 있습니다.

受付②　大韓商事の葉山様ですね。お待ちしておりました。
　　　　応接室の1番でお待ちください。只今山本を呼んで参ります。
　　　　다이칸쇼우지노 하야마사마데스네. 오마찌시테 오리마시타. 오우세츠시츠노 이찌반데 오마찌쿠다사이. 타다이마 야마모토오 욘데 마이리마스

접수   대한상사의 하야마님 이시네요. 기다렸습니다.
1번 응접실에서 기다리십시오.
지금 야마모토를 불러 오겠습니다.

葉山②   ありがとうございます。
아리가토우고자이마스

하야마   감사합니다.

일본 비즈니스 매너

제7과
개인의 자택을
방문하기

개인의 자택을 방문하기

방문하는 것을 「お邪魔する오자마스루」라고 하는데, 「邪魔쟈마」는 방해한다는 뜻이다. 말 그대로 방해되지 않게끔, 상대방에게 배려하는 마음으로 행동하자.

개인의 자택을 방문할 때도 사전에 약속이 필요하다. 전화를 할 때는 식사시간을 피하고, 20시 30분 이후 에는 전화를 삼가 하는 게 예의이다.

1 개인의 자택을 방문했을 때의 행동과 회화

1. 인터폰을 누른다

코트를 입고 있을 경우, 코트를 벗고, 머플러나 장갑 등도 벗은 다음, 인터폰을 누른다. 대답이 있으면 회사명과 이름을 말하고, 현관문에서 살짝 뒤로 물러나서 기다린다.	「A社の朴と申します。15時にお約束をいただいております」 에이샤노 보쿠토 모우시마스 쥬우고지니 오야쿠소쿠오 이타다이테오리마스 A사의 박이라고 합니다. 15시에 약속이 되어 있습니다.

2. 회사명과 이름을 말한다

문이 열리면 안으로 들어서고, 문을 소리 나지 않도록 살짝 닫는다. 상대와 시선을 맞추고, 다시 한번 간단하게 인사말을 한 뒤, 고개를 숙인다.	「A社の朴と申します」 에이샤노 보쿠토 모우시마스 A사의 박이라고 합니다

3. 실내로 들어선다

들어오라고 권하면, 인사를 하고, 실내로 오른다.

「失礼致します」
시츠레이 이타시마스
실례하겠습니다

4. 정식으로 인사말을 한다

거실로 안내를 받으면, 쇼파등에 앉기 전에 손가방 등을 내려놓고, 정중하게 인사를 한다.

「本日はお忙しいところ、お時間をいただき、ありがとうございます」
혼지쯔와 오이소가시이토코로, 오지칸오 이타다키, 아리가토우고자이마스
오늘은 바쁜 와중에 시간을 내 주셔서 감사합니다.

5. 가지고 온 선물을 건 내 준다

인사를 마친 후, 선물을 건 내 준다. 선물은 봉투에서 꺼내 상대방에게 정면으로 방향을 돌려, 양손으로 건 낸다. 예외로 시간이 지나면 녹는 아이스크림 같은 것은 현관에서 봉투째로 건 내 주어도 된다.

「皆さんで召し上がってください」
미나상데 메시아갓테 쿠다사이
여러분들과 함께 드십시오

---

2 개인의 자택을 방문할 때의 주의점

장소와 행로를 확인한다

약속을 정하면 미리 장소를 확인하고 소요시간 등을 체크한다. 찾기 애매한 장소일 경우에는 전화로 사전에 물어 놓는다.

너무 빨리 도착하지 않는다

회사를 방문 하는 때와 달리, 개인의 자택을 방문 할 때는 약속시간 보다 빨리 도착 하는 것은 매너위반이다.

정확하게 약속 시간을 맞추거나 5분 정도 늦춰서 도착 하는 게 좋다.

선물은 사전에 준비 해 둔다
선물을 지참 할 때는 미리 준비 해 두는 것이 좋다.
상대방의 집 부근에서 사는 것은 정성이 없어 보여, 좋지 않은 인상을 줄 수 있다.

3 현관에 오를 때의 주의점

양말(여성일 경우에는 스타킹)체크
방문하기 전에 양말이나 스타킹은 새것으로 갈아 신는 게 좋다. 신발을 벗을 경우를 예상 해서, 구두의 깔판 등도 체크한다.
신발은 신고, 벗기 편한 것으로 선택한다. 현관에서 신발을 벗을 때, 시간을 끌면 실례가 된다.

정면을 보고 신발을 벗는다
현관에 들어 서면 정면을 본 체로 신발을 벗고, 실내에 오른다. 슬리퍼를 권하더라도 이 때는 신지 않는다.

벗은 신발을 가지런히 정리한다
몸의 방향을 바꿔, 바닥에 무릎을 굽히고, 신발의 방향을 바깥 쪽으로 향하게 해서 가지런히 놓은 뒤, 상대방을 향에 일어서서 슬리퍼를 신는다.

4 다타미방에서의 매너

다타미방으로 안내를 받았을 때
다타미방 입구에서 정면을 향해 슬리퍼를 벗고, 실내에 들어 서면 몸을 돌려 무릎을 굽히고 앉아, 슬리퍼의 방향을 문 바깥쪽으로 돌려 가지런히 놓는다.

방석이 놓여져 있어도, 방석의 아래, 왼쪽으로 정좌한다. 상대방으로부터 방석을 권했을 때, 처음으로 방석에 앉는다.

방석에 앉을 때는, 양손을 가볍게 주먹을 쥐듯이 하고, 방석 앞으로 이동한다.

양손으로 몸을 받들듯이 하고, 방석 위에 올라 앉는다. 이때는 정좌한다.

방석을 밟거나, 방석의 위치를 옮기거나 하지 않도록 주의 한다.

인사를 나눌 때는, 방석에서 내려와 방석에 앉기 전의 위치에 앉는다. 이동 할 때는 일어서지 않고, 앉은 채로 움직인다.

자세를 바르게 갖추고 인사말을 나눈다. 예를 들어 「本日はお招きいただきまして、ありがとうございます혼지츠와 오마네키 이타다키마시테 아리가토우 고자이마스」(오늘은 불러 주셔서 감사합니다) 인사를 할 때, 양손을 무릎 앞에 붙여서 가지런히 하고, 허리를 펴고 몸을 굽힌다. 이때 고개만 숙이지 않도록 주의한다. 몸을 굽히면서 시선도 자연스럽게 내린다.

인사가 끝나고, 방석을 권하면 다시 처음과 같은 방법으로 방석에 앉는다.

방석에 오를 때 「失礼致します시쯔레이 이타시마스」(실례하겠습니다)라고 한마디 하고 앉는 것이 예의이다.

다타미방에서의 매너

개인의 자택을 방문 했을 때, 다타미방으로 안내하는 경우가 제법 있으니 기본적인 매너는 알아 두는 게 좋을 것이다. 다타미방은 和室와시츠이라고 하는 데, 이 화실에서는 독특한 예의가 있다.

필히 지켜야 할 매너는 먼저, 상대방이 권할 때까지 방석에 올라 앉지 말 것.

두 번째로, 지켜야 할 것은 선 채로 인사를 나누지 않을 것. 인사는 먼저 설명 했듯이 앉아서 하고, 정중하게 座礼를 할 것.

5 和室에서의 좌석 순

다타미의 안쪽으로 床の間토코노마(바닥이 나무로 된 공간인데 일반적으로 족자, 화병이나, 장식품 등을 놓는다)가 있는데, 床の間가 있는 쪽이 상석이다. 床の間가 없는 경우에는 입구로부터 먼 곳이 상석이다.

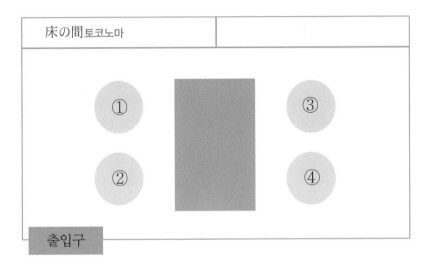

1 和室출입의 예절

和室의 문은 옆으로 열고 닫는 ふすま후스마나, 障子쇼우지로 되어 있다. 문을 열 때는, 한꺼번에 열지 않고 세 번으로 나누어서 연다.
  ① 문 앞에서 무릎을 꿇고, 왼손으로 손잡이를 잡아, 5센치 정도 연다.
  ② 그 다음 바닥으로부터 15센치 정도의 위쪽으로 손을 이동해, 몸이 절반 보일 정도 연다.
  ③ 오른손을 곁들여, 몸이 통과 할 수 있을 만큼 연다.
     입구가 반대쪽 일 때도 마찬가지이다.

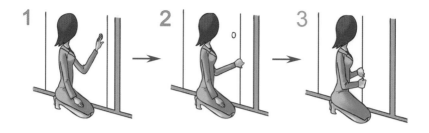

❷ 和室에서의 좌례

和室은 의자를 놓지 않는 게 원칙이다. 畳타타미는 돗자리 같은 바닥으로 의자를 놓으면 畳타타미에 상처가 생기기 때문이다. 그러므로, 바닥에 앉는 것이 보통이다. 그래서 서서 인사를 나누지 않고, 앉은 채로 인사를 나누는 것이 예의이다. 앉은 채로 나누는 인사를 「座礼자레이」좌례라고 한다.

그럼, 구체적으로 座礼하는 방법을 살펴보도록 하자. 아래 그림과 같이 각도는 立礼와 같은 방식이다.

▪ 会釈에샤쿠가벼운 인사

앉아 있는 상대방의 앞을 지나갈 때나, 차를 낼 때와 같은 경우, 会釈를 한다.

이 때, 손의 위치는 여성의 경우와 남성의 경우가 다르다. 여성의 경우, 무릎 앞에 양손을 나란히 하고, 집게와 중지와 약지를 세운다. 남성의 경우는 무릎 위에 양손을 올린 채로 허리를 구부린다.

▪ 普通の礼 **후츠우노레이보통인사**

상체는 45도 정도 굽힌다. 빠르게 굽히는 것보다 천천히 굽힐수록 우아해 보인다. 상체를 숙인 체로 한 호흡하고, 느긋하게 일으킨다.

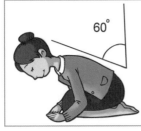

▪ 敬礼 **케이레이경례**

반드시 인사말을 끝내고, 상체를 숙인다. 각도는 60도정도로, 머리가 손에 닿을까 말까 할 정도로 숙인다.

일본 비즈니스 매너

제8과
경어와 회화의 방법

경어와 회화의 방법

　　사회인의 회화는 역시 경어이어야 한다. 일반회화와 비즈니스에 사용하는 용어에는 차이가 있다. 특히 많이 사용하는 비즈니스 용어는 나중에 상세히 설명하겠다.

1 경어를 익히자

　　경어에는 일반적인 경의를 나타내는 ていねい語테이네이고(정중어), 상대나 상대의 행동에 대해 존경을 표하는 尊敬語손케이고(존경어), 자신을 나춤으로 인해 상대를 높이는 謙讓語켄죠우고(겸양어)가 있다.

　　예를 들어 する스루(하다)라는 동사의 정중어는 します시마스(합니다), 존경어는 なさる나사루(하십니다), いたします이타시마스(하겠습니다).

　　言う유우(이우)(말하다)의 정중어는 言います이이마스말합니다, 존경어는 おっしゃる옷샤루 말씀하시다, 겸양어는 申します모우시마스(말합니다).

　　혼동하기 쉬운 말들을 별도 표로 정리 했으니 참고로 하기 바란다.

기본	尊敬語; 존경어	謙讓語; 겸양어
する 하다 스루	なさる 나사루	いたす 이타스
行く 가다 이쿠	いらっしゃる 이럇샤루	伺う 우카가우, 参る 마이루
来る 오다 쿠루	いらっしゃる 이럇샤루, 見える 미에루, お越しになる 오코시니나루, おいでになる 오이데니나루	参る 마이루, 伺う 우카가우
居る 있다 이루	いらっしゃる 이럇샤루	おる 오루
見る 보다 미루	ご覧になる 고란니나루	拝見する 하이켄스루
聞く 듣다 키쿠	お聞きになる 오키키니나루	伺う 우카가우, 承る 우케타마와루, 拝聴する 하이쵸우스루
言う 말하다 이우, 유우	おっしゃる 옷샤루	申す 모우스
会う 만나다 아우	お会いになる 오아이니나루	お会いする 오아이스루, お目にかかる 오메니카카루
思う 생각하다 오모우	お思いになる 오오모이니나루	存ずる 존즈루
考える 사고하다 카안가에루	お考えになる 오칸가에니나루	存ずる 존즈루
食べる 먹다 타베루	召し上がる 메시아가루	いただく 이타다쿠
与える 주다 아타에루	賜る 우케타마와루, くださる 쿠다사루	差し上げる 사시아게루
訪問する 방문하다 호우몬스루	いらっしゃる 이럇샤루	お邪魔する 오자마스루
死ぬ 죽다 시누	お亡くなりになる 오나쿠나리니나루	亡くなる 나쿠나루
読む 읽다 요무	お読みになる 오요미스루	拝読する 하이도쿠스루

2 자신이나 상대의 부르는 방법

자기자신을 자칭할 때, 자기보다 손윗사람에게는 「私」와타시, 자신의
회사(저희들)는 「私ども」와타시도모라고 자신을 낮춰서 표현한다. 일반적
으로 저희들(우리들)은 「私たち」와타시타치라고 표현하지만 비즈니스에서
는 쓰지 않으므로 주의하자.

사람이나 조직을 부르는 법

	회사내에서	社外의 사람에게
상사	田中部長、田中さん 타나카부쵸우, 타나카상	部長の田中、田中 부쵸우노타나카, 타나카
선배 (직책이 없을 때)	山本さん 야마모토상	山本 야마모토
동료, 후배	木村さん 키무라상	木村 키무라
거래처	大野課長、大野さん 오오노카쵸우, 오오노상	大野課長、大野さん 오오노카쵸우, 오오노상

	자신 쪽을 부르는 방법	상대 쪽을 부르는 방법
회사	弊社、当社、私ども 헤이샤, 토우샤, 와타시도모	貴社、御社 키샤, 온샤
동행자	同行の者 도우코우노모노	お連れさま、ご同行の方 오츠레사마, 고도우코노카타
남편	夫、主人 옷토, 슈진	ご主人(さま)、だんなさま 고슈진(사마), 단나사마
아내	妻、家内 츠마, 카나이	奥様 오쿠사마

아들	息子、子ども 무스코, 코도모	息子さん、ご子息 무스코상, 고시소쿠
딸	娘、子ども 무스메, 코도모	娘さん、お嬢様 무스메상, 오조우사마

3 경어의 사용미스를 주의하자

일본인 중에도 경어를 바람직하게 쓰지 못하는 젊은이 들이 많이 있다. 경어를 올바르게 사용하기 위해, 잘 못된 예와 바른 예를 들어 놨으니, 철저하게 연습하도록 하자.

잘못1 존경어와 겸양어를 구별하자

손윗사람에게는 존경어, 자신에 대해서는 겸양어를 사용 하는 것이 기본. 겸양어에다「～れる」등을 붙여도 존경어는 되지 않는다.

× 橋本さんが参られました。
  하시모토상가 마이라레마시다

○ 橋本さんがいらっしゃいました。
  하시모토상가 이랏샤아마시다

○ 橋本さんがお見えになりました。
  하시모토상가 오미에니나리마시타

하시모토씨가
오셨습니다

参られましたは 겸양어
이다. 혼동해서 쓰지
않도록. 여기에서는 상
대인 하시모토상을 낮
추어서 말하고 있으므
로 실격

× 御社の森田部長が申されたように…
  온샤노 모리타부쵸우가 모우사레타 요우니

위와 같이 상대회사의
부장님께 겸양어가 사
용되어 있어 실격

귀사의 모리타 부장님이 말씀하신것처럼

○ 御社の森田部長がおしゃったように…
온샤노 모리타부쵸우가 옷샷타요우니

> 저희 회사의 과장, 타나카가 말씀 드렸습니다만

× 弊社の田中がおっしゃっておりましたが…
헤이샤노 타나카가 옷샷테오리마시타가

○ 弊社の課長の田中が申しておりましたが…
헤이샤노 카쵸우노 타나카가 모우시테오리마시타가

> 타나카 과장은 우리 회사의 과장(자기편)이기 때문에 거래처 에서 말할 때는 겸양어를 써야 한다. 타나카 과장님이 아니고 <u>과장의 타나카</u>라고 말한다.

× この件については、<u>存じ上げ</u>ていらっしゃいますか?
코노켄니츠이테와, 존지아게테이랏샤이마스카?

○ この件については、ご存じでしょうか?
코노켄니츠이테와, 고존지데쇼우까?

> 이건에 대해서는 알고계십니까

> 여기에서도 상대방에게 <u>存じ上げて</u> 겸양어가 쓰여져 있다.

잘못2 겹쳐서 경어를 사용함

존경어로 하면 「言う→おっしゃる」와 같이 말의 형태가 바뀐다. 존경어로 바뀐 상태의 말에 「～れる」 등의 경어를 붙이면 2중, 3중의 경어가 되니 잘못된 경어의 사용이다.

× 新製品は、もうご覧に<u>なられ</u>ましたか?
신세이힝와, 모우 고란니나라레마시타카?

○ 新製品は、もうご覧になりましたか?
신세이힝와, 모우 고란니나리마시타카?

> 見る→ご覧に、なる→なられる 이와 같이 2중으로 경어가 쓰여졌기 때문에 잘못된 표현.
>
> 신제품은 보셨습니까?

× 部長は、<u>お戻りになられ</u>ましたか?
부쵸우와, 오모도리니나라레마시타카?

○ 部長は、お戻りになりましたか?
부쵸우와, 오모도리니나리마시타카?

> 「戻る」에 「お」를 붙이면, 존경어이다. 「なられる」역시 존경어이니 2중 존경어이다.
>
> 부장님은 언제 돌아오십니까?

× 課長は、ゴルフなどもなされるのですか?

카쵸우와, 고루후나도모나사레루노데스카?

○ 課長は、ゴルフなどもなさるのですか?

카쵸우와, 고루후나도모나사루노데스카?

→ 기본형「する하다」가→「なさる」로 존경어이다. 여기에「~れる」도 존경어이니 2중 존경어이다.

과장님은 골프도 하십니까?

× 課長がおっしゃられたように…

카쵸우가 옷샤라레타요우니

○ 課長がおっしゃったように…

카쵸우가 옷샷타요우니

기본형은 言う。존경어「おっしゃる」+존경어「~れる」존경어가 중복됐다.

과장님이 말씀하신 것처럼

잘못 3 **자신에게 존경어를 사용**

자신의 동작이나 상태에 대해 존경어를 사용 하지 않는다.

× ご伝言は、私から山田にお伝えします。

고덴곤와, 와타시카라 야마다니 오츠타에시마스

○ ご伝言は、私から山田に申し伝えます。

고덴곤와, 와타시카라 야마다니 모우시 츠타에마스

전언은, 제가 야마다 에게 전하겠습니다

→ 「伝える」에「お」를 붙이면 존중어가 된다. 전언을 전하는 사람은 [나] 이기 때문에 존중어는 사용 하지 않는다.

잘못 4 **표현의 미스**

불필요한 말을 덧붙이거나, 의미 없는 과거형은 사용하지 않는다. 경어는 규칙을 지켜, 올바르게 사용하는 것이 바람직하다.

× 書類のほう、お持ちしました。

쇼루이노호우, 오모치시마시타

○ 書類を、お持ちしました。

　쇼루이오, 오모치시마시타

> 서류를 가져왔습니다

잘못 5 **사물에게 존경어를 사용**

　존경어는 손윗사람에게 사용한다. 상대가 가지고 있는 사물 등에 대해 사용하지 않도록 주의하자.

× ご注文の品は、こちらでいらっしゃいますか？
　고추우몬노시나와, 코치라데이랏샤이마스카

○ ご注文の品は、こちらでございますか？
　고추우몬노시나와, 코치라데고쟈이마스카

> 주문하신 물건은 이것입니까?

→ 주문하신 물건注文の品에 대해, いらっしゃいます존경어를 쓰고 있다. 그 대로 번역하면 [주문하신 물건은 여기에 계십니까?]

4 각 장면 별, 사회인으로서의 적합한 회화방법

상사에게

・先ほど田中部長がおっしゃったように。
　사키호도 타나카부쵸우가 옷샷타요우니
　조금 전에 타나카부장님이 말씀하셨듯이

・先ほど私が申し上げたように。
　사키호도 와타시가 모우시아게타요우니
　조금 전에 제가 말씀 드린 것처럼

・先ほど、日本商事の福本さんがおっしゃったように。
　사키호도 니혼쇼우지노 후쿠모토상가 옷샷타요우니
　조금 전에 일본상사의 후쿠모토씨가 말씀하셨듯이

- 先ほど、日本商事で李部長がおっしゃったように。
  사키호도 니혼쇼우지데 리부쵸우가 옷샷타요우니
  조금전에 일본상사에서 이부장님이 말씀하셨듯이
- 山田部長、福田課長がいらっしゃいました。
  야마다부쵸우, 후쿠다카쵸우가 이랏샤이마시타
  야마다부장님, 후쿠다과장님이 오셨습니다

선배, 동료에게

- 金さん、これを手伝ってもらえませんか？
  키무상, 코레오 테츠닷테모라에마센카
  김씨, 이것을 도와주시겠어요？
- 李部長は、もうご存じですか？
  리부쵸우와 모우 고존지데스카
  이부장님은 이미 알고계십니까？
- 朴さん、ホン課長が、「会議室にお越しいただきたい」とおっしゃって
  いました
  보쿠상, 홍카쵸우가 [카이기시츠니 오코시이타다키타이]토 옷샷테이마시타
  박씨, 홍과장님이[회의실로 와 주셨으면 합니다]라고 말씀 하셨습니
  다

손님이나 거래처 사람에게

- この件について、どう思われますか？
  코노켄니 츠이테 도우 오모와레마스카
  이 건에 대해서, 어떻게 생각하십니까？
- 社に戻って、上司に申し伝えます。
  샤니 모돗테 쵸우시니 모우시츠타에마스
  회사에 돌아가서, 상사에게 전하겠습니다
- 課長の金は、ただいま出張中です。
  카쵸우노 키무와, 타다이마 슛쵸우츄우데스
  김과장은 지금 출장중입니다

· 課長の金は、後ほど参ります。

　카쵸우노 키무와 노치호도 마이리마스

　김과장은 나중에 올겁니다

· 先ほど、金が申し上げたように。

　사키호도 키무가 모우시아게타요우니

　조금 전에 김이 말씀 드린 것 처럼

· 先日、B社の森田さんがおっしゃっていましたが。

　센지츠, 비이샤노 모리타상가 옷샷테이마시타가

　전일, B사의 모리타씨가 말씀 하셨습니다만

· この商品は、とても話題になっていますね。

　코노쇼우힝와 토테모 와다이니낫테이마스네

　이 상품은, 굉장히 화제가 되고 있네요

5 　바람직한 회화법과 듣는 법

　말을 하는 데도, 듣는 데도 매너가 있다. 회화를 자연스럽게 진행하기 위해서는 포인트를 익혀두자.

말 할 때 주의해야 할 점

1. 말을 할 때, 몸은 상대방 쪽으로 돌려 마주하고, 시선을 맞춘다. 그러나 너무 물끄러미 바라 보면은 자연스럽지 않다.

2. 상대방이 듣기 편하게, 어미는 끝까지 확실하게 말한다. 목소리의 톤이 어둡지 않게, 밝은 목소리로 또박또박하게, 너무 빠르게 얘기하지 않도록 주의하자.

3. 표정이나 자세에도 신경을 쓰자. 허리를 똑바로 펴고 바른 자세로, 표정은 자연스럽게.

듣는 자세에 주의해야 할 점

1. 상대방의 얘기를 들을 때, 시선은 상대의 눈을 본다. 밑을 보거나 자료 등에 시선이 가 있으면 상대가 이야기를 진행 하는데 거북스러울 수 있다.
2. 상대방이 말을 하고 있는 도중에 말을 꺾지 않는다. 얘기가 끝날 때까지 듣고, 질문이나 확인 하고 싶은 내용이 있을 때는 얘기가 다 끝난 다음에 한다.
3. 상대방의 얘기를 이해하고 있다는 표현으로, 고개를 끄덕이거나, 말 도중도중에 맞장구를 넣어주면 상대방이 이야기 하기 쉽다. 맞장구도 똑같지 않게 상황에 맞춰서 적절하게 넣어 주는 게 좋다.

맞장구의 종류	예	읽기	의미
동감	はい、そうですね	하이, 소우데스네	네. 그렇네요
놀람	ほんとうですか? すごいですね	혼토우데스카 스고이데스네	정말입니까 굉장하네요
의문	どうしてですか?	도우시테데스카	왜요?
재촉	それからどうなったんですか?	소레카라도우낫탄데스카	그래서 어떻게 됐습니까?
말을 넓힘	例えばどんなことですか?	타토에바돈나코토데스카	예를 들어 어떤 일인가요?

6 언변

[말 한마디 말로 천냥 빚을 갚는다]라는 속담이 있을 정도로 언변에 따라서 비즈니스의 성과는 커다란 차이가 있다. 여기에서는 한마디 곁들임으로 인해서 말을 완화시키는 양념어를 소개 하겠다.

양념어	사용예
あいにくですが 아이니쿠데스가 공교롭게도	あいにくですが、田村はただいま外出しております 아이니쿠데스가, 타무라와 타다이마 가이슈츠시테 오리마스 공교롭게도 타무라는 지금 외출중입니다
申し訳ございませんが 모우시와케고자이마센가 죄송하지만	申し訳ございませんが、こちらでお待ちいただけますか? 모우시와케고자이마센가, 코치라데 오마치이타다케마스카 죄송하지만 여기에서 기다려 주시겠습니까?
お手数ですが 오테수우데스가 수고스럽지만	お手数ですが、書類を、お送りいただけないでしょうか? 오테수우데스가, 쇼루이오 오오쿠리이타다케나이데쇼우카 수고스럽지만 서류를 보내 주시겠습니까?
失礼ですが 시츠레이데스가 실례합니다만	失礼ですが、どちら様でいらっしゃいますか? 시츠레이데스가, 도치라사마데 이랏샤이마스카 실례합니다만 누구십니까
恐れ入りますが 오소레이리마스가 송구스럽지만	恐れ入りますが、この書類にお目通しいただけますか? 오소레이리마스가, 코노 쇼루이니 오메토오시이타다케마스카 송구스럽지만 이 서류를 보아 주시겠습니까
おさしつかえなければ 오사시츠카에나케레바 지장이 없으시면	おさしつかえなければ、こちらにお名前をご記入いただけますか? 오사시츠카에나케레바, 코치라니 오나마에오 고키뉴우 이타다케마스카 지장이 없으시면 여기에 성함을 기입 해 주시겠습니까
よろしければ 요로시케레바 괜찮으시다면	よろしければ、駅までお送りいたします 요로시케레바, 에키마데 오오쿠리이타시마스 괜찮으시다면 역까지 배웅 해 드리겠습니다
せっかくですが 섹카쿠데스가 모처럼이시지만	せっかくですが、今回のお話は辞退させていただきます 섹카쿠데스가, 콘카이노 오하나시와 지타이사세테 이타다키마스 모처럼이시지만 이번 얘기는 사양 하겠습니다

일본 비즈니스 매너

제9과

전화편

제9과
전화편

이과에서는 전화응대의 실직적인 내용들을 모았다. 대단히 섬세하게 나누어, 설명을 곁들였으니 완전 초보자라고 해도, 수준 높은 전화응대가 가능 하리라 생각된다.

PART3. 비즈니스 전화 거는 법, 기본중의 기본

전화응대의 기본

1. 전화 근처에는 언제나 메모를 할 수 있게 끔, 메모용지와 필기도구를 준비해 둔다.
2. 비즈니스용 전화기의 사용법을 익숙해지도록 미리 익혀둔다.
3. 다른 부서의 직원들의 이름과 얼굴을 익혀두면 전화를 연결 할 때 편리하다. 특히 전화를 담당하는 직원이라면, 같은 부서의 직원들의 일정을 파악해 두면, 외부에서 전화가 왔을 때, 신속하게 대응 할 수 있다.

PART 1

영업전화의 인사·기본중의 기본

1 전화가 걸려 왔을 때, 수화기를 들고 회사명을 말한다

「はい。○○会社<u>です</u>」「はい。○○会社<u>でございます</u>」

「하이. ○○카이샤데스」「하이. ○○카이샤데 고자이마스」

네, ○○회사입니다

> 아무리 바쁘더라도, 회사명은 끝까지 정확하게 발음한다. 회사명 뒤에는 정중어인 「です」 또는 「でございます」를 붙인다. 「はい。○○会社」 또는 「はい。○○」라고 어미를 생략 하는 것은, 인상이 좋지 않다. 「です」「でございます」「ます」는 정중어이다. 예를 들면, 「私は、○○と申し<u>ます</u>」
>
> 회사명을 말 할 때는 밝은 인상을 주게끔 목소리의 톤을 약간 올리고, [전화 주셔서 감사합니다]라는 마음가짐으로 전화를 받는다.
>
> 수화기를 든 뒤나, 「はい」의 뒤에 회사명을 애기 할 때까지, 사이를 두지 않을 것.

2 영업의 전화 걸기

「私は、○○会社営業部営業1課の○○と<u>申します</u>が…」

와타시와, ○○카이샤 에이교부에이교카 ○○토 모우시마스가

저는, ○○회사의 영업부 영업1과 ○○라고 합니다만

영업전화를 걸 때, 가장 중요한 것은 처음. 상대방에게는 전화를 건 사람의 얼굴이 보이지 않기 때문에 목소리, 톤, 말의 속도, 발음 등을 주의 하면서 자신이 누구라는 것을 알기 쉽게 전달한다.

위 예와 같이 「申しますが모우시마스가」. 끝에 「言う유우」의 겸양어인 「申す」를 사용한다.

3 걸려온 전화의 응대 도중에, 다른 용건에 대해 확인하고 싶을 때

「先日は、お世話になりました。山田様、先日の見積もりの件ですが、

센지츠와, 오세와니나리마시타. 야마다사마, 센지츠노미츠모리노켄데스가,

竹内部長から、<u>伺えば</u>よいのですね」

타케우치부쵸우카라, 우카가에바 요이노데스네

지난번엔 신세 지었습니다. 야마다님, 지난번 견적 건 입니다만, 타케우치부장님께 여쭈면 되지요.

> 전화를 받고 있는 도중에, 다른 건의 용건이 생각났을 때, 억양에 신경을 써 얘기를 꺼낸다. 이때 見積もりの件ですが 뒤에 약간 사이를 두는 게 좋다. 상대에게는 갑자기 들은 얘기이기 때문에 생각할 시간을 주는 것이 대화가 자연스럽다.
> 『聞く』의 겸양어인 『伺う』를 사용 해 「伺えばよいのですね」라고 말한다. 또는 『承る』「聞かせていただく」 등을 사용해도 된다. 다만 「聞いておきます」는 사용하지 않는 게 좋다.

4 거래처에 방문한 다음날 전화할 때

「昨日は、お忙しいところを、<u>おじゃましまして</u>、失礼をいたしました」

사크지츠와, 오이소가시이토코로오, 오쟈마시마시테, 시츠레이오 이타시마시타

어제는 바쁘신 와중에 찾아 뵈어서 실례를 했습니다.

> 「おじゃましまして오쟈마시마시테」이외에도 「うかがいまし우카가이마시테」나 「参りまして마이리마시테」를 사용해도 된다.
> 「いかれまして이카레마시테」나 「いらっしゃいまして이랏샤이마시테」는 사용하면 안 된다. 방문한 것은 자기 자신이니까 자신의 행동에

경어를 사용하지 않는다.

　답례의 전화는 바로 거는 것이 원칙이다. 다음날 걸 때에는 회사
에 출근하면 바로 건다. 일반회화 에서도 경어를 사용하는 것은 당
연하지만 전화상으로는 필수이다.

5　주문을 받았을 때

「お忙しいところを、わざわざご注文のお電話をいただきまして、
ありがとうございました」

오이소가시이토코로, 와자와자고추우몬노 오뎅화오 이타다키마시테, 아리
가토우고자이마시타

바쁘신데, 일부러 주문전화를 주셔서 감사합니다

　주문을 받았을 솔직하게 기쁜 마음을 상대방에게 전달한다. 사람
은 심리적으로 누구에게 감사를 받거나, 상대방이 기뻐하면 더 해주
고 싶은 마음이 생긴다.

6　의뢰의 전화를 걸 때

「○○様、是非○○の件は、ご配慮願えませんでしょうか?」

○○사마, 제히 ○○노 켄와, 고하이료 네가에마센데쇼우카?

○○님, 꼭 ○○건은, 배려해 주시면 안되겠습니까?

> 　직접적으로「お願いします오네가이시마스」보다는「ご配慮願えませ
> んでしょうか고하이료우네가에마센카」하는 것이 무리한 부탁을 한다는
> 마음이 전달된다.
> 　특히, 손윗사람이나 거래처, 손님에게 사용해 주길 바란다.

7 　돌연한 접객응대

「おはようございます。お近くですか?どうぞ!是非お立ち寄りに
なってください」

오하요우고자이마스. 오치카쿠데스카? 도우조! 제히 오타치요리니 낫테쿠
다사이

(오전)안녕하십니까. 가까운데 계십니까? 꼭 들려주세요.

> 　거래처나 손님이 회사 근처에서 전화가 왔을 때, [꼭 들려주세요]
> 라고 들으면 기분이 좋은 법이다. 따뜻하고 정감 있는 상냥한 말투
> 로 얘기하자.
> 　「お立ち寄りになって오타치요리니낫테」이외에「おこしになって오코
> 시니낫테」도 좋은 표현이다.

8 받은 선물에 대한 답례의 전화

「先日は、珍しいお菓子を頂戴しまして、ありがとうございました」

센지츠와, 메즈라시이 오카시오 쵸우다이시마시테, 아리가토우고자이마시타

지난번엔, 귀한 과자를 주셔서 감사합니다

누구에게나 선물이나 뭔가를 받았을 때는, 즉시 예의를 표하는 것이 좋다. 너무 시간이 지나서 상대가 선물한 사실을 잊어버린 경에 인사를 하는 것도 실례이다. 「もらう」받다 의 기본형에서 「頂戴する」의 겸양어를 사용해, 「頂戴しまして、ありがとうございます」라고 인사한다. 과자를 받은 사람은 나 자신이니까 여기서는 나를 낮춰서 겸양어를 쓴다.

일반적으로 과자를 선물하는 게 많다. 거래처방문, 출장의 특산품, 작은 사례 등 가볍게 차와 곁들어서 먹기 좋고, 특히 회사에는 인원이 많으므로 전 직원에게 나누기 편한 점도 있다.

9 재방문(再来社)의 요청전화

「お忙しいところを、申し訳ございません。○○のことで、もう一度ご足労願えませんでしょうか?

오이소가시이토코로오, 모우시와케고자이마센. ○○노 코토데, 모우이치도 고소쿠로 네가에마센데쇼우카?

바쁘신데 죄송합니다. ○○의 일로, 다시 한번 와 주시겠습니까?

足労는 말 그대로 하면 [발이 피곤하다]. 비즈니스 사회에서 관습적으로 이용되는 용어이니 익숙해지도록 연습해 두자.「申し訳ございません」는「お手数をおかけします」로 대용해도 좋다.

10 비즈니스에 대한 답례와 차후 비즈니스에 대한 부탁

「大変、お世話になりました。また、是非、今後とも宜しくお願いいたします」

타이헹, 오세와니 나리마시타. 마타, 제히, 고온고토모 요로시쿠오네가이이타시마스

대단히, 신세 지었습니다. 또 필히 이후로도 잘 부탁드립니다

영업을 하는 사람으로서, 제일 많이 사용하는 말이기에 필히 외어야 할 답례인사의 경어이다. 전화기를 든 체로 머리를 숙여서 인사를 하거나, 재스처를 하는 사람이 간혹 있는 데, 웃을 일이 아니다. 재스처를 함으로 인해, 목소리의 톤이 높아진다. 듣는 상대도 기분 좋게 대화가 진행된다. 속았다고 생각하고 한번 시도해 보도록 권한다.

11 거래처 사람을, 우연히 방문처에서 만나, 다음날 전화했을 때

「昨日は、○○会社で、偶然お目にかかりましたので驚きました」

사쿠지츠와, ○○카이샤데, 구우젠 오메니카카리마시타노데 오도로키마시타

어제는, ○○회사에서 우연히 만나 뵈어서 놀랐습니다

> 어제는 昨日키노우라고 일반적으로 말하나, 비즈니스에서는 昨日 사쿠지츠라고 말한다. 한자는 같지만 발음이 틀리니 구별해서 사용하도록 하자.
> 「会う」(보다)의 겸양어인 「お目にかかる」(뵙다)를 사용한다.

12 전화 받기(그렇습니다)

「さようでございます」

사요우데고자이마스

그렇습니다

> 일반적으로, 그렇습니다는 「そうです소우데스」이다. 비즈니스 전화에서는 「さようでございます」를 사용한다.

PART 2

비즈니스 전화 받는 법, 기본중의 기본

1 본인이 부재중 일 때

「申し訳ございません。○○は、<u>只今席をはずしております</u>」

모우시와케고자이마센. ○○와, 타다이마 세끼오 하즈시떼 오리마스

죄송합니다. ○○는 지금 자리에 없습니다.

「只今席をはずしております」는 대표적인 接遇用語이니 가볍게 말할 수 있도록 연습해 두자.「ちょっと、席をはずしております」나「少し、席をはずしております」라고 말하지 않도록 조심하자. 뜻은 같은 말이더라도 전혀 다른 느낌을 준다.

2 용건을 물어 볼 때

「どのようなご用件でしょうか」

도노요우나 고요우켄 데쇼우카

어떤 용건이십니까?

3 상대방을 기다리게 할 때

「担当とかわります。少々お待ちください」

탄토우토 카와리마스. 쇼우쇼우 오마치쿠다사이

담당을 바꾸겠습니다. 잠시만 기다려 주십시요

4 상대가 자신의 신분을 밝히지 않을 때

「失礼ですが、どちら様でいらっしゃいますか?」

시쯔레이데스가, 도치라사마데 이럇샤이마스카?

실례합니다만, 누구이십니까?

5 본인이 통화 중일 때

「あいにく、○○は電話中ですが、いかがなさいますか」

아이니꾸, ○○와 뎅와츄데스가, 이카가나사이마스카

죄송하지만 ○○는 통화중입니다만, 어떻게 하시겠습니까?

> 통화를 원하는 상대가, 다른 전화에 응하고 있을 때, 먼저 상대방에게 「いかがなさいますか」라고 의견을 묻는 것이 예의이다. 통화가 길어질 것 같은 경우에는, 다시 걸어달라거나, 연락처를 물어, 통화가 끝나는 대로 본인이 전화를 걸도록 한다.

6 전화의 내용을 확인 할 때

「私○○が、間違いなく承りました」

와타시 ○○가, 마찌가이나쿠 우케타마와리마시타

저 ○○가, 틀림없이 받았습니다

> 비즈니스전화는 중대한 내용이 많으니, 전화를 받은 사람이 정확하게 내용을 파악해야 한다. 전달 받은 내용을 이해했을 때는, 전화를 받은 본인의 이름과 통화내용에 대해 책임지겠다는 뜻을 전한다. 나중에 전화로 얘기 했는데 전달이 되지 않아 내외로 폐를 끼치는 경우도 발생한다. 얘기 했다는 둥 안 들었다는 둥의 문제가 발생하는 것은 비즈니스 상에 문제가 있다. 차후에 이런 문제가 발생하지 않도록 누가 들었다는 사실을 상대에게 전하는 것은, 상대에 있어서도 안심감과 신뢰감이 생긴다.

7 답례인사

「先日、○○とお会いくださったとのことですが、わざわざお時間をいただきましてありがとうございました」

센지츠, ○○토 오아이쿠다삿타토노코토데스가, 와자와자 오지칸오 이타다키마시테 아리가토우고자이마시타

지난번, ○○와 만나주셨다고 들었습니다만, 일부러 시간을 내 주셔서 감사합니다

> 이 장면은, 자신의 부하나 후배가 거래처를 방문 후, 상사나 선배가 거래처에 답례의 인사를 하는 장면이다. 회사는 하나의 인격체이고 한 덩어리라는 의식을 가지고 외부에 대처해야 할 것이다.

8 손님에게 돌아가는 시간을 여쭐 때

「○○様。○○様は、本日午後3時までにお帰りになれば大丈夫でしょうか」

○○사마. ○○사마와, 혼지츠 고고 산지마데니 오카에리니 나레바 다이죠우부데쇼우카

○○님. ○○님은 오늘 오후 3시까지 돌아가시면 괜찮습니까

오늘은 「今日쿄우」이나 비즈니스 용어인 「本日혼지츠」를 사용하자. 기본형 「帰る카에루」돌아가다는 존경어인 「お帰りになる오카에리니나루」를 사용한다.

9 거래처, 손님으로부터 답례의 전화가 왔을 때

「わざわざ、お電話をいただきましてありがとうございました。どうぞ、お早めに、召し上がってください」

와자와자, 오데엥와오 이타다키마시테 아리가토우 고자이마시타. 도우조, 오하야메니, 메시아갓테 쿠다사이

일부러 전화 주셔서 감사합니다. 되도록 빨리 드십시요

거래처 등에 먹을 것을 선물해, 상대방으로부터 답례의 전화가 왔을 때, 「わざわざ、お電話をいただきまして~」[일부러 전화를 주셔서]라는 상대방의 행위를 집어 인사를 한다.
「食べる」먹다는 「召し上がる」드시다로 존경어를 사용한다.

10 용건을 다시 한번 물을 때

「○○様。もう一度くり返しお伺いいたしますが○○の件はＢ社のＨ様にお尋ねすれば宜しいのですね」

○○사마, 모우이찌도 쿠리카에시 오우카가이이타시마스가 ○○노켄와 B샤노H상니 오타즈네스레바 요로시이데스네

○○님. 다시 한번 반복해서 여쭙겠습니다만, ○○의 건은 B회사의 H씨에게 여쭤 보면 되네요.

「もう一度」다시 한번, 「くり返し」반복해. 여기서 ○○様도H様도 타사의 사람이므로 양쪽 다 경어를 사용한다.

11 담당 외의 건으로 내용을 모를 때의 사죄

「○○様、申し訳ないのですが○○につきましては、私は担当外になりますのでわかりかねますが～」

○○사마, 모우시와케나이노데스가 ○○니 츠키마시테와, 와타시와 탄토우가이니나리마스노데 와카리카네마스가 ～

○○님, 죄송하지만 ○○의 간에 대해서는, 저는 담당외라서 알 수 없습니다만 ～

담당 외의 일을 물어 왔을 때, 잘 알지 못하는 내용은 솔직하게 모르겠다고 말하는 것이 좋다. 정확하지 않은 정보는 나중에 큰 문제로 확대 될 수도 있다. 그 순간은 상대방을 만족 시키지 못하더라도 성심성의로 솔직한 게 오랜 신뢰 관계를 맺을 수 있다.

12 손님을 대신해서 전화를 걸겠다고 얘기 할 때

「○○の件でしたら、宜しければ私が電話を<u>おかけいたしましょう</u>か」

○○노 켄데시타라, 요로시케레바 와타시가 뎅와오 오카케이타시마쇼우까

○○의 건이라면, 괜찮으시다면　제가 전화를 걸을까요

13 거절

「申し訳ございません。○○に関しましては、残念ですがいたしかねます」

모우시와케 고자이마센. ○○니 칸시마시테와, 잔넹데스가 이타시카네마센

죄송합니다. ○○건에 대해서는, 송구스럽지만 할 수 없습니다.

　거절을 할 때는「できません데끼마센」(안됩니다) 라고 잘라서 얘기 하면 거절당한 상대방은 불쾌감을 느낄 수 있다.
　「できません데끼마센」보다는 接遇用語인「いたしかねます이타시카네마스」를 사용하면 훨씬 정중하게 거절할 수 있다.

14 　거래처의 담당자가 소식을 듣고 전화 했을 때

「○○様、本社からもうお聞きになっていたのですか」

○○사마, 혼샤가라 모우 오키키니 낫테이타노데스카

○○님, 본사로부터 벌써 들으셨습니까

「聞く키쿠」듣다의 기본형이 존경어를 사용해서「お聞きになる오키키니나루」→「おききになって오키키닛테」가 된다.「聞いてました키이테마시타」또는「聞いてたのですか키이테타노데스카」라고 말하지 않도록.

15 　문의전화가 걸려 왔을 때

「毎度ありがとうございます。即売会の会場は、私共の会社 5 階です」

마이도 아리가토우 고자이마스. 소쿠바이카이노 카이죠우와, 와타시도모노 카이샤 고카이데스

늘, 감사합니다. 직매회의 회장은 저희회사 5층입니다

「毎度ありがとうございます」는 자주 쓰는 용어이니 외어 두자. 특히「毎度ありがとうございます。○○会社でございます」(항상 이

용해 주셔서 감사합니다. ○○회사입니다). 경어편에서도 있었지만
복습하는 뜻으로 반복한다. 자신이 소속해 있는 회사의 호칭은 「弊
社헤이샤, 当社토우샤, 私共와타시도모, 小社쇼우샤」 등이 있다.

16   주문의 확인을 할 때

「毎度ありがとうございます。 ○○ケースですね。 発送日の確認を
致します」

마이도 아리가토우고자이마스. ○○케에스데스네. 핫소우비노 카쿠닌오
이타시마스

항상 감사합니다. ○○상자 말씀하시죠. 발송 날짜를 확인 하겠습
니다.

17   방문의 확인을 할 때(손님이 오는지 안 오는지 여부를 물을 때)

「○○様、○月○日に10名の方がお越しになるのですね」

○○사마, ○가츠 ○니치니 쥬우메이노 카타가 오코시니 나루노데스네

○○님, ○월 ○일 날 열분이 오시지요

「来る쿠루」오다의 기본형이→「お~になる」의 겸양어 형식으로 「お越しになる오코시니나루」가 된다. 그 이외로 「いらっしゃる이랏샤루」「お出かけになる오데카케니나루」「ご足労になる고소쿠로우니나루」 같은 뜻으로 사용해도 된다.

18 샘플에 대한 문의 전화가 왔을 때

「はい、私は○○です。サンプルは、昨日○○様宛に郵送で送りました」

하이, 와타시와 ○○데스. 싼뿌루와, 사쿠지츠 ○○사마아테니 유우소우데 오쿠리마시타

예, 저는 ○○입니다. 샘플은 어제 ○○님 앞으로, 우편으로 보냈습니다

19 자신의 소속과 이름을 물어 왔을 때

「はい。さようでございます。私が、 ○○課の○○です」

하이. 사요우데 고자이마스 와타시가, ○○카노 ○○데스

예. 그렇습니다. 제가 ○○과의 ○○입니다

PART 3

비즈니스 전화 거는 법, 기본중의 기본

1 사죄의 인사

「申し訳ございません。お帰りのところを…」

모우시와케고자이마센. 오카에리노 토코로오 …

죄송합니다. 퇴근 하시는 데 …

근무 종료시간이 가까울 때는 퇴근을 방해해서 미안 하다는 말을 건네자.

2 사죄를 할 때(외출중이래서 전화를 받지 못했을 때)

「先ほどは外出をいたしておりまして、失礼を致しました」

사키호도와 가이슈츠오 이타시테 오리마시테, 시츠레이오 이타시마시타

조금 전에는 외출을 하고 있어서, 실례를 했습니다

[외출 중 이라서 전화를 받지 못한 건 내 책임이 아니니 사과를 할 필요는 없다]라고 혹시 생각 될지도 모르나, 상대를 배려하는 마음을 잊지 말자.

늘 겸손한 자세로 고객을 대하는 것이 영업의 철칙이다. 「失礼をいたしました시츠레이오이타시마시타」이외에 「申し訳ございません모우시와케고자이마센」을 써도 무난하다.

3 전화를 오래 기다리게 했을 때

「誠に恐れ入りますが、もうしばらくお待ちください」

마코토니 오소래이리마스가, 모우시바라쿠 오마치쿠다사이

대단히 송구스럽지만, 잠시만 더 기다려 주십시오

「少々お待ちください」(잠시만 기다리세요)라고 했는데, 생각보다 시간이 길어질 경우, 그대로 방치하지 말고 「もうしばらくお待ちください」 잠시만 더 기다려 주십시오라고 양의를 구하는 게 예의 이다. 너무 오래 기다리게 하지 말고, 상대의 연락처를 물어 이쪽으로부터 다시 전화를 걸어 주는 것이 좋다.

이때는 「こちらから折り返しおかけ直し致します코치라카라 오리카에시 오카케나오시마스」이쪽에서 다시 전화를 드리겠습니다.

4 상대가 외출을 하려는 도중에 전화를 걸었을 때

「お急ぎのところ申し訳ありませんが」

오이소기노 토코로 모우시와케 아리마센가

바쁘신데 죄송합니다만

> 　전화를 걸었는데 마침 상대방이 외출을 하려고 하던 참일 때, 「お急ぎのところ申し訳ありませんが」라고 언급을 하고 용건만 간단하게 전하자.
> 　「お忙しいところ申し訳ありませんが오이소가시이토코로」라고도 표현한다.

5 배려

「何かおわかりにならない点がありましたら、おっしゃってください」

나니카 오와카리니 나라나이 텡가 아리마시타라, 옷샷테 쿠다사이

뭔가 모르시는 점이 있으시면, 말씀해 주세요

> 　상대에게 상품설명을 하고 있는 도중, 상대방이 갑자기 반응이 없을 때는 혹시 설명을 이해하지 못하는 경우가 있으니, 일단 설명을 멈추고 물어보자. 상대에 대한 배려는 항상 잊지 않도록 신경 쓰자.

6 문의(미팅날짜를 변경하고 싶을 때)

「○○様、17日の打ち合わせの日程の変更をお願いしたいのですが、18日の同じ時間で、<u>いかがでしょうか?</u>」

○○사마, 쥬우나나니찌노 우치아와세노 닛테이노 헹코오 오네가이 시타이노데스가 쥬우하찌니찌노 오나지지칸데, 이카가데쇼우카?

○○님, 17일, 미팅의 일정의 변경을 부탁드리고 싶습니다만, 18일의 같은 시간으로 어떠십니까?

> 의견을 여쭐 때는 항상 「如何でしょうか?이카가데쇼우카」를 습관화 하자.
> 「どうですか?도우데스카」는 사용하지 않는 것이 좋다.

7 상대에게 확인을 할 때

「説明会の会場の席順は、<u>男の方、女の方</u>の順番ですね」

세츠메이카이노 카이죠우노 세끼준와 오토코노카타, 온나노카타노 쥰반데스네

설명회의 회장의 좌석순은 남자분, 여자분의 순서이지요

여기서 조심해야 할 것은 「男の方오토코노카타남자분, 女の方온나노카타여자분」이다. 「男の人오토코노히토남자, 女の人온나노히토여자」라고 말하지 않도록 주의하자. 같이 「あの人아노히토」(저사람)이 아니라 「あの方아노카타」(저분). 「〜ですね」는 (〜이지요)라고 확인, 다짐 할 때 사용한다

8 변경사항을 알릴 때

「会議の場所がAホテルからBホテルになりますが、よろしゅうございますか」

카이기노 바쇼가 A호테루카라B호테루니 나리마스가, 요로슈우고자이마스카

회의의 장소가 A호텔에서 B호텔로 바뀝니다만, 괜찮으십니까

9 거절할 때의 인사

「私が、司会をですか。どんでもないです」

와타시가 시카이오 데스카? 돈데모 나이데스

제가 사회를 본다 구요? 당치 않으십니다

가끔 의외로운 부탁을 받을 때가 있다. 그러나 상대가 의뢰를 할 때는 적합하다고 인정한다는 뜻이므로 거절 할 때에는 정중하게 실례가 없도록 거절하자. 겸손하게 '당치 않습니다'라고 사양 하는 게 적절 하겠다.

10 상대에게 다음날 전화하겠다는 의사를 전할 때

「もし、ご都合がよろしかったら明日また、お電話をさせてください」

모시, <u>고쯔고우</u>가 요로시캇타라 묘우니찌 마타, 오뎅와 사세테 쿠다사이

만약, 사정이 괜찮으시다면 내일 다시 전화를 드리겠습니다.

ご都合<u>고쯔고우</u>는 사정이나 형편의 뜻이다. 明日(내일)은 보통 <u>아시타</u>라고 읽으나 비즈니스 상에서는 묘우니치라고 읽고, 말한다. 「お電話をさせてください」를 직역하면 (전화를 하게 해 주세요) 일본어적인 표현이라고 보면 된다. 전화를 거는 데도 상대의 양해를 구하는 친절정신이라고 볼 수 있다.
「お電話します」(전화 하겠습니다)보다도 「お電話をさせてください」가 보다 부드러운 표현이다.

11 고객의 소재를 확인할 때

「もう一度、確認しますが○○様は30分前に出られたのですね」

모우이찌도, 카쿠닌시마스가 ○○사마와 산쥬뿐마에니 데라레타노 데스
네

다시 한번 확인합니다만 ○○님은 30분 전에 출발 하셨네요

> 고객이 사무실을 출발 했는지의 여부를 묻는 장면이다. 이때는
> 존경어인「られる라레루」의 형식으로「出られる데라레루」라고 표현
> 한다.「出られた데라레타」는 과거형 이다.
> 이외에도 외출을 했다는 표현방법으로「れる레루」를 사용해「行
> かれた이카레타」가셨다 또는「外出された가이슈츠사레타」외출 하셨다
> 가 있으니 발음하기 양호한 말로 골라서 쓰면 된다.
> 또,「お出かけになった오데카케니낫다」도「お~になる오~나루」의
> 존경어이다.

12 고객에게 질문을 할때

「お客様の買われました品は、○○ですか」

오캬쿠사마노 카와레마시타 시나와, ○○데스카

고객님이 사신 물건은 ○○입니까?

「買われました카와레마시타」의 다른 표현은 「お買い求めになった
오카이모토메니낫다」이다. 질문을 마친 뒤에는 「失礼をいたしました시
츠레이오 이타시마시타」(실례를 했습니다) 등의 接遇用語로 대하면 상
대도 기분이 좋은 법이다.

13 고객에게 식사를 권유 할 때

「ご一緒に昼食をとらせていただきたいのですが」

고잇쇼우니 츄우쇼쿠오 토라세테 이타다키타이노 데스가

함께 점심식사를 하고 싶습니다만

14 예를 표할 때의 인사(덕택에)

「おかげさまで、目標は無事に達成ができました」

오카게사마데, 모쿠효와 부지니 탓세이가 데키마시타

덕분에 목표는 무사히 달성했습니다

15 고객이 늦게까지 잔업을 하고 있을 때

「残業ですか。大変ですね。夕食はおすみになりましたか」

잔교우데스카. 타이헹데스네. 유우쇼쿠와 오스미니나리마시타카

잔업이십니까? 고생이 많으시네요. 저녁 식사는 하셨습니까?

16 고객에게 보고를 할 때

「結果報告を申し上げます」

켓카호우코쿠오 모우시아게마스

결과 보고를 드리겠습니다

17 메일로 주문을 받았을 때의 답례인사

「Eメールでご注文をお申し込みくださいましてありがとうございました」

이메에루데 고추우몬오 오모우시코미 쿠다사이마시테 아리가토우고자이마시타

E메일로 주문을 해 주셔서 감사합니다

18 납품에 대해 연락을 할 때

「私が、明日○○をお届けする予定です」

와타시가 묘우니찌 ○○오 오토도케스루 요테이데스

제가 내일 ○○를 배달 할 예정입니다

19 크렘에 대한 전화를 받았을 때

먼저 사죄를 한다
상대방의 흥분을 가라앉게, 불편을 끼친 점등에 대해 정중한 말로 사죄한다.

사죄의 포인트를 좁힌다
내용을 제대로 파악하지 않고 전면적으로 사죄하는 것은 차후에 문제를 일으킬 수 있다. 처음에는 「ご迷惑をおかけして申し訳ありません고메이와쿠오 오카케시테 모우시와케 아리마센」(폐를 끼쳐 죄송합니다). 무엇에 대한 사죄인지를 명백하게 해 두는 것이 안전하다.

상대의 말은 끝까지 듣는다
끝까지 얘기를 듣고, 질문이나 의문이 있더라도, 상대방의 얘기를 중간에 꺾지 않는다. 특히, 얘기 도중에 변명 등을 들으면 더욱 더 화가 나는 법이다. 할 말을 다 하고 나면 조금 마음의 여유가 생겨서, 이쪽의 의견도 들어 줄 것이다.

책임을 다른 부서로 돌리지 않는다
부서에서 부서로 전화를 돌리는 경우가 없도록 적절한 담당자에게 연결 해 준다. 물론 크렘의 내용은 잘 들어, 미리 담당자에게 전하는 것이 좋다. 전화를 바꿀 때마다 같은 내용을 다시 반복 하는 것은 그다지 좋아 하는 사람은 없을 것이다.

성실한 태도로 접한다
성의가 보이지 않으면 더욱 더 상대는 화가 나게 된다. 평상시 보다 도 약간 낮

은 목소리로 대하고, 중간 중간 맞장구를 넣어 열심히 듣고 있다는 표현을 한다. 크렘전화의 상대는, 화가 나 있거나 곤란한 상태에 있는 것이 보통이니 침착하게 애기를 듣고, 문제점이 확실 해 지면 구체적인 해결책을 제기한다. 전화를 끝낼 때는 「貴重なご意見をありがとうございました키쵸우나 고이켄오 아리가토우 고자이마시타」(귀중한 의견을 주셔서 감사합니다)등 감사의 말을 잊지 않도록 하자. 상품에 문제가 있거나 서비스에 만족하지 않는 데 전화를 하지 않는 상대는 두번 다시 거래를 하지 않겠다는 뜻이다. 그러므로 크렘의 전화를 주는 고객은 기회를 주겠다는 뜻이니 성심성의로 대하자.

20 크렘대응의 実例

고객	대응이 좋은 예	대응이 나쁜 예	의견
「掃除機からへんな音がするんですけど」 소우지키카라 헨나 오토가 스룬데스케도 청소기에서 이상한 소리가 나는데요	「ご迷惑をおかけして、大変申し訳ございません」 고메이와쿠오 오카케 시마시테 타이헹 모우시와케 고자이마센 폐를 끼쳐, 대단히 죄송합니다	「大変申し訳ございません」 타이헹 모우시와케 고자이마센 대단히 죄송합니다	무턱대고 사죄하지 않고 상황파악에 연결시킨다
「いつものように使っているのに、電源をいれるとザーッと音がするんです」 이츠모노 요우니 츠캇테이루노니, 덴겐 오이레루토 쟈앗토 오토가 스룬데스 언제나 처럼 사용하고 있는데, 전원을 넣으면 쟈아하고 소리가 나는데요	「かしこまりました。只今、整備担当の者におつなぎしますので、少々お待ちいただけますでしょうか?」 카시코마리마시타. 타다이마 세비탄토우 노모노니 오츠나기 시마스노데 쇼우쇼우 오마치이타다케마스 데쇼우카 잘 알겠습니다. 지금, 정비담당을 연결하겠으니 잠시만 기다려주십시오	「正しく使っていれば、そのようなトラブルは起こらないはずですが」 타다시쿠 츠캇테이레바 소노요우나 토라부르와 오코라나이 하즈데스가 바르게 사용하면은 그런 문제는 발생하지 않을 텐데	만약에 사실상 고객의 잘못이다 하더라도, 고객의 책임이라는 말투는 삼가 해야 한다.

고객	대응이 좋은 예	대응이 나쁜 예	의견
「もちろん、無料で直してもらえるんですよね?」 모치롱, 무료우데 나오시테 모라에룬데스네 물론 공짜로 고쳐 주는 거죠?	「状態によって対処の方法が違ってまいりますので、まず担当者に詳しい状況をお話しいただけますでしょうか?そのうえでご回答させていただきます」 죠우타이니 욧테 타이쇼노 호우호우가 치갓테 마이리마스노데, 마즈 탄토우샤니 쿠와시이 조우쿄우오 오하나시 이타다케마스데쇼우카? 소노우에데 고카이토우 사세테 이타다키마스 상태에 따라서 대처 방법이 다르오니 먼저 담당자에게 자세한 상황을 말씀해 주시겠습니까? 그리고 난 다음 회답을 드리겠습니다	「そちらの使い方が悪いのかも知らないのに何を言ってるんですか?」 소치라노 츠카이카타가 와루이노카모 시라나이노니 나니오 윳테룬데스카? 그쪽의 사용법이 나쁜지도 모르는데 무슨말을 하고 있습니까?	무책임하게 미리 된다 안 된다 라고 서둘러서 답을 낼 필요는 없다. 상대가 무리한 요구를 하거나 실례가 되는 태도를 보여도 감정적으로 대하지 않을 것

21 대화의 내용이 길어질 것 같을 때

「来週の会議の件で確認させていただきたい事があります。10分ほどお時間をいただきたいのですが、よろしいですか?」

라이슈우노 카이기노켄데 카쿠닌 사세테 이타다키타이 고토가 아리마스 쥬뿐호도 오지칸오 이타다키타이노데스가, 요로시이데스카?

다음주의 회의의 건으로 확인하고 싶은 것이 있습니다. 10분 정도 걸립니다만 괜찮으십니까?

> 전화의 통화내용이 길어질 것이라고 예상 될 때는 상대방에게 미리 몇 분 정도 걸릴 것이라고 알리고 승낙을 받은 뒤, 통화하자. 상대가 급한 일이 있을 수도 있으니 업무에 차질을 주면 안 된다. 전화를 걸기 전에 용건을 확인 해 두면, 시간의 절약도 되고, 전화를 끊고 나서, 중요한 내용을 전하지 못했다 하는 점도 없을 것이다.

제10과
접대와 파티의 매너

제10과
접대와
파티의 매너

거래처를 접대 하는 경우, 사전의 준비를 하는 것은 젊은 사원의 일이다.

접대에 필요한 사항들을 구체적으로 알아 둡시다.

1 접대 전에 준비할 사항

목적, 참가자, 예산 등을 정한다	접대의 목적을 명확하게 하고, 상사와 의논 해 참가자와 예산을 정한다. 참가자는 쌍방의 직책의 발란스를 감안해 선택하도록 한다.
일정을 정한다	희망하는 일시를 몇 개 정해서, 상대방의 좋은 날을 우선해서 날짜를 정한다.
장소를 정한다	주빈의 지위나 연령에 맞는 장소로 고른다. 가급적이면 상대방의 이동 거리를 고려하고 귀가가 편한 곳이 좋다. 특히, 주빈의 취향을 조사해 만족할 수 있는 곳을 수배한다.
참가자에게 연락	이상의 모두가 결정되면, 일시, 장소, 참가자 등을 상대에게 연락한다. 연락은 문서로 작성해서 지도(약도)를 첨부해 팩스나 메일로 송부한다. 격식을 갖춘 접대에는 안내장을 우편으로 부친다.
선물의 준비	필요에 따라서 선물을 준비한다. 부피가 크거나, 너무 고액의 물품이나, 냉동, 냉장이 필요한 것은 되도록 피한다. 선

선물의 준비	물을 고를 때, 상대의 취향이나, 가족구성 등을 고려하는 것이 바람직하다. 과자 세트가 무난하나 예를 들어 당뇨병이 있는 데, 단것을 선물하는 것은 실례가 되니 주의하자.
마중과 배웅의 준비	현지 집합이 일반적이나, 장소까지의 교통편이 불편하거나, 격식을 갖춘 접대일 경우는 마중과 배웅을 준비한다. 술을 마시는 장소일 경우는 택시나 대리운전도 예약을 해 두자.

2 접대의 목적

상담을 진행시킨다	답례와 사죄	친교를 깊인다
심리학 적으로 식사 중이나 술자리에서는, 어느 시간보다도 리락스 한 시간대이다. 본능적으로 음식물을 섭취 할 때는 위의 소화상태를 촉진시키기 위해 긴장을 푸는 것이다. 진행 중인 상담을 자연스럽게 진행하자.	늘 신세를 지고 있는 답례의 말이나, 업무 미스 등에 대해 사죄하는 마음을 전하자.	함께 식사를 즐기면서 회사 안 에서와 다른 분위기로 친분을 두텁게 해 비즈니스에 활용하자.

3 접대의 앞날 준비 해 두어야 할 것

상대방의 확인	장소의 확인	비용을 준비한다
상대방의 담당자에게 전화를 해, 일시나 장소, 참가자의 수 등을 재확인 한다. 급한 문제가 생길 경우에 대비해 긴급시의 연락방법 등도 확인 해 놓는다.	회장인 레스토랑에 전화를 넣어, 일시나 참가인수, 요리의 내용, 시설이용 등을 재확인하고, 다음날의 부탁인 사도 잊지 말고 한다.	각종 지불에 대한 금액을 인출한다. 예상 이외의 출비나 2차에도 대비해 여유 있게 준비한다.

4 접대의 흐름

접대하는 쪽 전원이 마중한다	접대 하는 쪽은 미리 도착해서, 상대방이 도착하면 전원이 마중한다.
인사말, 건배, 식사 순으로	전원이 착석하면 접대하는 쪽의 대표자가 인사말을 하고, 건배를 한 뒤 식사를 시작한다.
적당한 선에서 끝내기	종료시간의 5분에서 10분 전쯤에 끝내는 인사말을 한다. 「宴もたけなわではございますが、このあたりで締めさせていただけます우타게모 타케나와데와 고자이마스가, 코노아타리데 시메사세테 이타다키마스」연회가 바야흐로 한창인 때입니다만 이만해서 끝낼까 합니다
지불하기	장소에 따라 다르나 일반적인 연회는 2시간에서3시간 정도로 설정되어 있는 게 보통이다. 종료시간이 가까워 오면 슬그머니 자리에서 일어나 상대방에게 눈치 채지 않게 지불을 정산해 놓는다. 이때 받는 영수증은 아래 그림을 참고로.
배웅차량이나 대리운전의 수배	상대가 귀가 하거나 2차로 이동할 때 택시가 필요한 경우에는 가게에 부탁해 필요한 대수를 수배한다.
선물을 건 낸다	필요에 따라 선물을 건 낸다. 눈에 띄지 않게 끔 살그머니 건낸다.
배웅	상대가 귀가 할 경우, 전원이 배웅 한다. 택시일 경우 상대가 택시에 타고 문이 닫히면 고개를 숙여 인사하고 차가 보이지 않을 때까지 배웅한다.

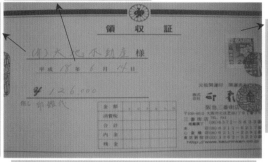

날짜가 틀림없는 지 확인한다

회사 이름은 명함을 보이는 등해서 정식으로 기입한다. 예를 들어 (株)가 앞인 경우와 뒤인 경우 등에 주의

領 收 証

금액이 3만엔 이상인 경우에는 수입인지를 붙이고, 소인(반도장)이 필요하다.

※인지는 생략하고 현찰로 지불 받을 경우도 있다

5 접대 중에 유념해야 할 점

전원의 음료나 음식에 주의를 기울여 추가주문 등을 촘촘하게 하자. 술을 마시지 못하는 사람이 있을 경우에는 주스 종류를 권하는 등 배려하자.

술을 별로 좋아하지 않는 사람도 있으니 무리해서 권하지 않도록 하자. 잔은 비워있지 않게 항상 가득한 상태를 유지 하는 게 매너. 잔이 가득한 상태에서 권하는 것은 강요 하는 것이니 조심하자.

접대의 책임자는 출입구에서 가장 가까운 자리에 앉고, 잦은 일은 적극적으로 맞서 하자. 화장실이나 흡연실 등도 미리 알아 두는 게 좋다.

화제에 끼지 못하는 사람이 있을 때는 적극적으로 말을 걸어 주고, 무리해서 강요하지는 않도록 주의 하자. 미리 상대방이 좋아할 화제를 조사해서 분이기를 맞추도록 노력하자. 예를 들면 상대방이 열중중인 취미의 화제등.

접대하는 쪽에서는 아직 업무 중이라는 사실을 염두에 두고, 술에 취하지 않도록 주의하자.

6 차내의 좌석의 순서

택시일 경우

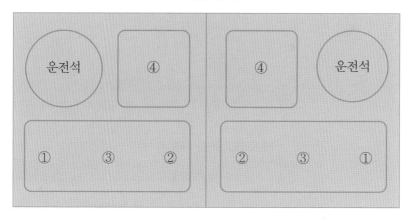

운전석의 뒤쪽이 상석이다. 조수석이 하석.

후부 좌석이 3인석일 경우, 운전석의 뒤가 상석이고 조수석의 뒤가 두 번째, 중앙이 그 다음이다. 일본은 운전석이 오른쪽에 있으므로 혼동하지 않도록 주의하자.

승용차일 경우(직책이 높은 사람이 운전할 경우)

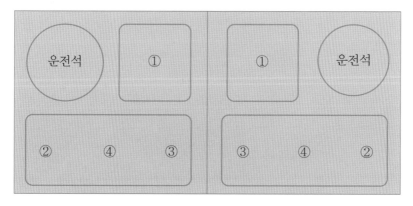

젊은 사원이 운전 할 때는 택시의 경우와 같다. 직책이 높은 사람이 운전하거나 고객이 운전석에 앉을 경우, 위의 그림과 같이 석순이 달라진다.

음주로 인한 교통사고도 많을 뿐 아니라, 최근 음주단속도 날로 심해져서 운전자는 물론 탑승자 전원이 음주대상이 되니 특별이 유념해 택시나 대리운전을 하는 게 바람 직 할 것이다.

7 각 장소에 따른 석순

레스토랑 등의 테이블 석

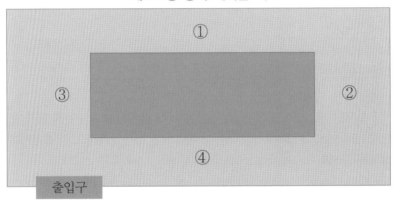

출입구로부터 가장 먼 곳이 상석이고, 출입구에서 가장 가까운 좌석이 하석이다.

중화요리 원탁

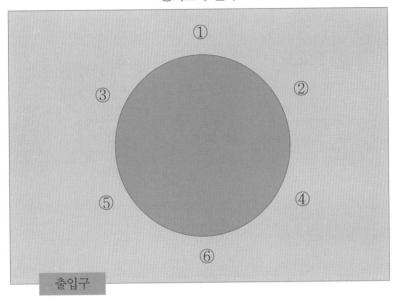

8 和室에서의 좌석 순

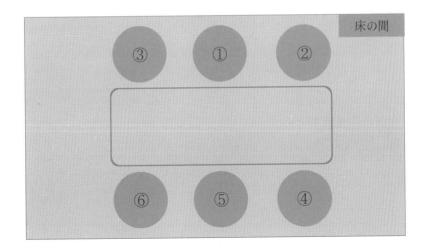

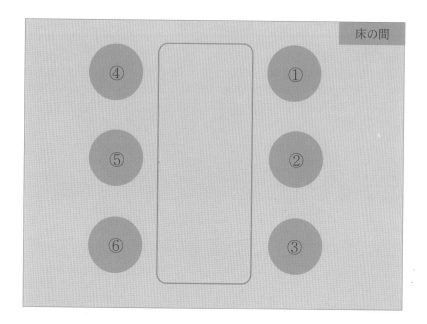

9 ▎술잔 따르기와 받기

맥주를 따를 경우, 맥주병은 양손으로 잡고, 라벨이 위쪽으로 향하게 해서 따른다. 받을 때는 양손으로 받고, 왼손은 잔의 밑을 받히듯이 한다. 소주의 경우도 같다.

뜨거운 청주일 경우아츠깡에는, 술병(德利토쿠리)은 양손으로 잡돼, 토쿠리가 뜨거울 때는 왼손은 술병의 목을 잡고, 오른손으로 술병의 바닥을 받히면 뜨겁지 않다. 술잔은 가득히 채우지 않게 8분 정도를 따른다.

술을 따르는 타이밍; 상대가 술잔을 손에 들은 뒤 따른다. 일방적으로 테이블 위에 놓여 있는 채로 따르지 않도록 하나, 와인은 제외이다.

일단 잔을 받으면, 마시지 안더라도 형식적으로 입에다 댄다. 입에 대지 않고 그대로 테이블 위에 놓는 것은 매너 위반.

건배를 할 때는 잔의 위치는 눈높이 정도로 한다. 건배는 술을 마시지 못하는 사람도 일단은 술로 건배한다. 일반적으로 시작의 건배는 맥주로 하는 경우가 대부분이다. 건배가 끝나면 억지로 마시지 않아도 되니, 잔은 입에 대는 것이 매너이다.

맥주 따르는 법　　　　　　**토쿠리 따르는 법**

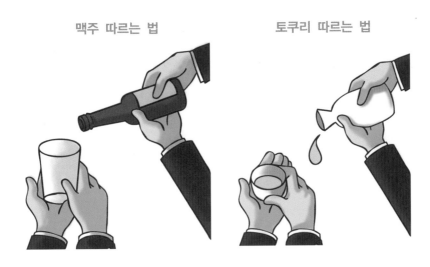

10　접대에 대한 권유를 받았을 때

거래처로부터 접대에 대한 권유가 있었을 때는 먼저 자신이 소속하고 있는 회사의 규칙을 따른다. 엄격하게 접대를 금지하고 있는 회사도 있으니 상사에게 보고하고 의견을 듣는 것이 좋을 것이다.

접대를 승낙할 때; 접대를 받아들일 때는 가급적으로 빠른 시일 내에 답변을 하는 것이 바람 직 하겠다. 일본 내에서는 예약을 취소 시킬 경우에는 캔슬요금이 발생하니 의외로 상대에게 피해를 줄 수도 있으니, 스케줄 등을 사전에 체크하고 사후 변동이 없게끔 주의하자.

접대를 거절 할 때; 접대의 권유를 거절 할 때는 사죄의 말을 덧 붙여 정중하게, 그리고 상대가 불쾌감을 느끼지 않도록 이유도 말한다.

11 접대에 대한 권유를 거절 할 때

「お誘いいただき、ありがとうございます。せっかくですが、会社の規則でお受けできないことになっておりまして…」

오사소이이타다키, 아리가토우고자이마스 셋카쿠데스가, 카이샤노 키소쿠데 오우케데키나이코토니 낫테오리마시테

불러 주셔서 감사합니다. 일부러 불러 주셨지만, 회사의 규칙으로 받아 들일 수 없게 되어 있어서…

「ありがとうございます。あいにくその日は出張の予定がはいっておりまして、出席することができません」

아리가토우고자이마스. 아이니쿠소노히와 슛쵸우노 요테이가 하잇테오리마시테, 슛세키스루코토가 데키마센

감사합니다. 하필이면 그날은 출장의 예정이 있어서 출석할 수 없습니다

12 접대를 받는 경우의 매너

접대 받는 당일은 지각하지 않도록 주의하자. 상대방은 접대의 준비로 바쁠 수 있으니 너무 빠르게 도착 하는 것도 좋지 않다. 약속 시간 정확하게 도착 하는 것이 바람 직 하다.

접대를 받는 입장에서는 자기도 모르게 거만 해 질 수 있으니 염두에 두고, 평상시와 같은 태도로 예의를 갖추자.

시작과 마무리의 인사를 갖추자.
시작의 인사; 「本日は、このような席を設けていただき、ありがとうございます」
　　　　　혼지츠와, 코노요우나 세키오 모우케테이타다키, 아리가토우고자이마스
　　　　　오늘은 이러한 자리를 마련해 주셔서 감사합니다.
마무리 인사; 「本日は、すっかりごちそうになってしまいました。どうもありがとうございました」
　　　　　혼지츠와, 슛카리 고치소우니 낫테시마이마시타. 도우모 아리가토우고자이마시타.
　　　　　오늘은 대접 잘 받았습니다. 대단히 감사합니다.

술좌석이라고 해서 무책임한 말을 하거나, 회사의 정보를 입에 담거나 하지 않
도록 주의하자. 그리고 상대방이 불쾌감을 느낄 수 있다고 고려대는 화제는 피
하도록 하자.

접대에는 그만한 대가가 필요하다는 사실을 명심하고 가볍게 응하면 안될 것이
다. 상황에 따라서는 상대방의 요구를 들어 줄 수 없다는 사실을 솔직하게 얘기
하고 접대를 거절 하는 것도 좋은 방법의 하나이다.

13 접대를 받고 나서

접대를 받은 다음날은 상대에게 전화나 메일로 답례의 인사를 전한다.
격식을 갖출 때는 礼狀을 보낸다.

접대에 상사가 동석하지 않았을 때는, 당시의 상황을 상세하게 보고한
다.

14 전통적인 일식의 형식과 종류

일본요리는 크게 4가지 형식이 있다.

먼저 本膳料理혼젠요리는 정식적인 일본요리라고 할 수 있다. 室町時代
무로마찌시대에 무사들 사이에서 확립됐다. 요리를 담는 밥상을 膳젠이라
고 하는 데, 膳은 다리가 있는 膳을 사용한다. 膳은 1의膳에서 5의膳까지
있다. 요리는 二汁五菜(국물이 있는 음식이 2종류, 야채류가 5종류)에서
三汁十一菜(국물이 있는 음식이 3종류, 야채류가 11종류)까지 있다.

두 번째가 会席料理카이세키료우리이다. 本膳料理혼젠요리가 간략화 한
것으로 膳은 다리가 없는 것을 사용한다. 二汁五菜가 가장 일반적으로,
모든 요리가 한꺼번에 나오는 경우와 한 개씩 나오는 경우가 있다.

세 번째가 懐石料理카이세키료우리이다. 이 요리는 다도의 차가 나오기
전에 내는 요리로 가벼운 요리이다. 一汁三菜하나씩 나온다.

그 이외로 精進料理가 있는 데, 원래 절에서 스님들이 하던 식사로, 야채나 산채가 요리가 중심이다. 근래, 성인병과 비만 등으로 인해 精進料理를 찾는 사람이 많아졌다.

15 식사를 할 때의 마음가짐

* 식사를 시작하기 전에, 반드시 「戴きます이타다키마스」(잘 먹겠습니다)라고 인사를 한다. 평상시에 당연하게 먹고 있는 음식은, 동식물과 해산물들의 생명이기도 하다. 자연에 대한 감사와 요리에 이르기까지의 모든 사람의 정성, 그리고 함께 식사하는 상대에 대해서도 감사의 마음을 표하자.
* 일본요리는 일인분 씩의 요리가 따로 나오는 것이 기본이고, 남기지 않는 것이 예의이다.
  식사가 끝나면, 「ごちそうさまでした고치소우사마데시타」(잘 먹었습니다)라고 인사한다.
* 일본에서는 말을 시작하는 아이 때부터 가르치기 때문에, 가정에서도 애·어른 관계없이 「戴きます이타다키마스」와 「ごちそうさまでした고치소우사마데시타」는 습관화 되어 있다.

16 일식의 매너

젓가락 사용법

1. 오른손으로 젓가락의 중앙을 위로부터 집어, 젓가락 받침으로부터 집어 든다. 젓가락을 놓는 방향은 세로가 아니고 가로로 해서 가지런히 놓는다.
2. 왼손으로 젓가락의 끝부분을 받들 듯이 하고, 오른손은 젓가락 손잡이 부분으로 옮긴다.
3. 아래 그림과 같이 오른손으로 젓가락을 바르게 잡고 왼손을 뗀다.

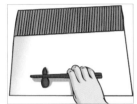  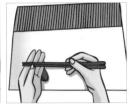

나무 젓가락와루바시의 사용법

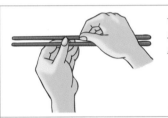

나무 젓가락을 가를 때는, 가로로 눕혀서 가른다. 세로로 세워서 가르는 것은 실례이니 주의 한다.

식사 중, 젓가락 받침이 없을 때는 그림과 같이, 젓가락봉투를 사용해 가로로 놓는다.	식사가 끝나면, 젓가락봉투에 넣어 가로로 놓는다.

주의 • 생선구이 먹을 때의 주의점

생선구이는 윗부분을 먹은 뒤에 뒤집어서 먹으면 안 된다. 배가 뒤집힌다는 뜻으로, 비즈니스의 경우, 일이나 의사를 뒤집겠다는 뜻으로 받아들일 수도 있으니 각별히 주의하자. 생성의 윗부분을 다 먹으면 중심의 뼈를 들어내고, 아래 부분을 먹는다.

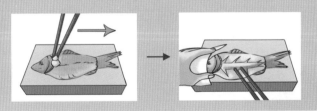

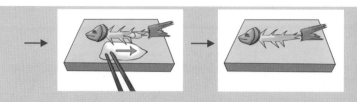

• 먹고 난 뒤의 그릇

일단 손에 들고 먹던 음식을 놓을 때는 원래 있던 자리에 놓고, 사용이 끝난 빈 접시는 포개놓지 않는다. 그릇에 상처가 날 수 있기 때문이다. 그릇은 음식이상 으로 신경을 쓰는 부분이니 소중하게 다루는 것이 예의.

• 요리는 중심으로부터 먹지 않는다

일본요리는 한 개의 그릇에 왼쪽, 오른쪽, 중앙으로 맛의 밸런스를 고려해서 담 음으로, 형태를 깨지 않도록 하면서 먹는 게 바른 식사법이다.

• 손에 들고 먹어도 되는 그릇

사시미등의 작은 접시, 무침 등의 작은 그릇, 된장국, 달걀 찜, 튀김을 찍어 먹는 국물이 담겨있는 그릇, お重오쥬우네모난 도시락, 丼동덮밥, 공기 밥 등

• 들고 먹으면 안 되는 그릇

큰 접시, 생선조림이나 생선구이, 튀김종류의 접시, 모듬회의 접시 등

• 젓가락으로 주고받는 것은 엄금

특히 여기에서 주의해야 할 점을 강조 하고 싶은 데, 손이 닿지 않은 곳의 음식 을 젓가락에서 젓가락으로 건네주고, 받는 것은 절대 금물. 이것은 풍습의 차이 인데 일본에서는 시체를 화장하고 나서, 남은 뼈를 주워 담을 때, 젓가락에서 젓가락으로 건네준다. 그러므로 식사 중에 화장터에서 하는 행위를 하는 것은 대단히 실례가 된다. 상대에게 불쾌감을 주지 않도록.

• 음식을 먹을 때, 소리를 내지 않는다

면류의 음식은 대부분, 소리를 내지 않고 먹는 것이 매너이나 우동과 메밀국수 소바 그리고 라면은 반대로 소리를 내서 먹는 것이 예의이다.

• 뚜껑이 있는 그릇

왼손으로 그릇을 잡고, 오른손의 집게와 엄지로 뚜껑을 열어, 물기를 떨어 뜨리기 위해 세운 다음, 뚜껑의 위쪽 이 밑으로 가게 해서 옆에 놓는다.

17 양식의 기본

테이블에서 사용하는 포크와 나이프 등의 종류

① スープスプーン　　　　　　　　스프용 스푼
② オードブル用フォーク＆ナイフ　　오드블용 포오크와 나이프
③ 魚用フォーク＆ナイフ　　　　　　생선용 포오크와 나이프
④ 肉用フォーク＆ナイフ　　　　　　고기용 포오크와 나이프
⑤ コーヒースプーン　　　　　　　　커피 스푼
⑥ デザートスプーン　　　　　　　　티저트 스푼
⑦ フルーツフォーク＆ナイフ　　　　과일칼과 포오크
⑧ シャンパングラス　　　　　　　　샴펜잔
⑨ ワイングラス(白)　　　　　　　　와인잔(흰색)
⑩ ワイングラス(赤)　　　　　　　　와인잔(적색)
⑪ ゴブレット(水)　　　　　　　　　물잔
⑫ バターナイフ　　　　　　　　　　버터용 나이프
⑬ パン皿 빵접시

사용법과 주의점

- 카트러리(나이프나 포오크종류 등)은 바깥쪽부터 순서대로 사용하는 것이 기본. 접시위에 있는 냅킨은 主宝이 먼저 든 뒤에 든다.
- 화장실 등으로 잠깐 자리를 뜰 때는, 냅킨을 가볍게 접어서 의자위에 놓는다.
- 식사가 끝나면 가볍게 접어서 테이블 위에 놓는다. 너무 정중하게 접어놓는 것도 매너 위반이니 주의하자.
- 와인의 테스팅은 접대하는 쪽에서 행하는 것이 매너이다.

18 중화요리의 매너

모든 요리는 主宝 부터 시작하는 것이 원칙이다. 요리가 나오면 새로운 요리가 담겨진 접시를 主宝의 정면으로 가게끔 회전대를 돌린다. 회전대는 중국식 요리 집에서 많이 사용 하는데 테이블 중앙이 회전식으로 되어 있어, 회전대를 돌려 가면서 필요한 만큼 자신의 전용 접시에 덜어 먹는다. 상대방이 요리를 덜고 있을 때, 회전대를 돌리거나 하지 않도록 주의한다.

회전대는 시계방향으로 돌리는 것이 기본이다. 각 요리마다 더는 스푼이 딸려 있으니 자신이 사용하는 스푼이나, 젓가락으로 덜지 않도록 하자.

일단 자신의 접시에 옮겨 담은 음식은 남기지 않도록 한다. 음식이 일 회전 해서 남은 요리는 마음껏 덜어도 상관없다. 한 바퀴 돌기 전에 음식이 없어지지 않게 한번에 많이 덜지 않도록 배려한다.

자신의 전용 접시는 손에 들고 먹지 않도록 한다. 국물 종류도 마찬가지 이다. 음식을 옮겨 담을 때는 전용 접시를 들고 회전대의 접시에 가깝게 해서 덜어도 상관없다.

19 입식(立食)파티

파티에 참석할 때의 복장: 파티에 출석 할 때는 복장에도 주의를 기울여야 할 것이다. 일반적인 비즈니스의 파티에는 양복에, 양장이 무난하겠다. 경험담인데, 처음으로 초대받은 파티에서, 파티의 내용을 모르고 참석한 경우가 있었다. 파티에 참석하기 전에 주최자에게 복장에 대해 조언을 받아, 결국 기모노(일본의 전통의상)차림으로 참석했다. 회장에 참석해 보니 대부분이 기모노이거나 원피스의 파티복 차림이었다. 확인 없이 일반복장 이었으면 창피를 당할 뻔한 기억이 있다.

짐이 되는 물건은 피할 것: 가급적이면 커다란 짐은 가지고 가지 않도록 하는 것이 좋다. 비즈니스 가방이나 코트종류는 클로크(호텔, 극장 등에서 외투나 소지품 등을 맡아 주는 곳)에 맡긴다. 여성의 경우는 팔에 걸칠 수 있는 작은 핸드백을 준비 하는 것이 좋다.

파티주최자에 대한 인사: 파티회장에는 파티가 시작되기 전에 입장해서 파티 주최자에게 인사한다. 주최자는 여러 가지 준비 등으로 바쁘게 움직이니 시간을 보아 짧게 인사를 끝낸다.

인맥 만들기: 파티회장은 인맥을 넓히는 절호의 기회의 장소이기도 하다. 아는 사람과만 집중해서 대화 하는 것 보다 새로운 얼굴과 적극적으로 대화를 나누는 것을 추천한다. 요즘은 새로운 형식으로 기업자간의 교류를 위해 열리는 전문적인 파티도 많이 출현하고 있다. 인맥을 넓힐 뿐 아니라 새로운 정보의 교환 장소이기도 하다. 인터넷에서 편리한 정보를 얻을 수 있다 해도 역시 기본은 인간관계가 가장 중요하다고 생각된다. 명함을 교환 할 때는 접시나 잔을 테이블에 내려놓고, 제3과 명함의 교환을 참고로 해 주길 바란다. 첫인상은 3분 이내에 결정된다고 한다. 비즈니스의 장면에서 첫인상은 역시 명함교환으로부터 시작된다고 해도 과언이 아닐 것이다. 처음에 정해진 첫인상으로 상대의 이미지의 70%는 굳어진다고 한다. 나머지 30%는 일생에 걸쳐 형성된다고 하니 첫인상이 얼마나 중요한지 명심하고 상대방에게 호감을 주는 매너를 습관화 하도록 노력하자.

파티회장의 의자를 독점하지 않는다: 입식파티의 회장에 준비 되어있는 의자는 다리가 약한 사람이나 연령이 높은 분들이 단시간 휴식할 수 있도록 마련한 것으로 오랜 시간 앉지 않도록.

20 뷔페형식의 식사매너

자신의 몫만을 던다: 요리는 자기가 먹을 몫만을 던다. 상사나 일행이 동행했을 때도 챙기지 않는다. 불필요한 요리를 덜어 접시에 남기는 것은 실례가 되기 때문에 자기 취향에 맞는 요리를 먹을 만큼만큼만 담는다.

요리를 접시에 더는 분량: 한번에 접시에 담는 요리는 2,3종류로 하고, 량은 접시의 70%정도. 따뜻한 요리와 차가운 요리를 같이 더는 것은 피한다.

접시사용: 자신의 접시는 새로운 음식을 덜 때마다 새로운 접시를 사용한다. 사용이 끝난 접시는 작은 테이블에 놓으면 수시로 치워준다.

컵과 접시를 드는 법: 컵과 접시 그리고 포크나 젓가락 등은 한쪽 손으로 전부 드는 것이 스마트하다. 양손으로 들 때는 접시와 포크(젓가락)를 왼손에, 유리잔은 오른손으로 든다.

유리잔은 종이 냅킨을: 차가운 음료일 경우, 컵으로부터 물방울이 떨어질 수 있으니 이럴 경우에는 컵을 종이 냅킨으로 싸서 들면은 효과적이다.

일본 비즈니스 매너

제11과

비즈니스 문서와
사적문서

제11과

비즈니스 문서와 사적문서

1 비즈니스 문서의 룰

서식을 지킨다: 서류의 내용 하나당 하나의 문서로 한다. 용지의 크기는 A4크기로 통일 시킨다.
일정의 서식을 지키고, 5W1H(Who, What, When, Where, Why, How)를 의식해서 구체적으로 작성한다.

서류를 발신하기 전에 내용을 재확인: 서류작성이 끝나면 필히 재검토 하고 문장이나 글자가 틀리지 않은지 확인한다. 이상이 없으면 상사나 책임자에게 승인을 받는다.

자료를 보관한다: 문의가 있을 때를 대비해 서류를 발송하기 전에 반드시 복사를 해 파일을 작성해 보관한다. 회사나 소속부서의 룰에 따라 보관 하는 것이 바람직하다. 일반적으로는 서류 등의 보관은 5년 정도나 내용에 따라서도 차이가 있으니 회사의 룰을 따르자.

받는 이 가 부서일 경우에는 「御中」, 개인일 때는 「様」, 또는 「직책＋殿」, 받는 이 가 복수일 때는 「各位」

문서번호

00－0001

00年00月00日

발신일

社員各位

総務部総務1課

日本太郎 （ないせん000）

발신 자 란 에는 부서 명과 담당 자명을 기입함

문서의 내용을 한 눈에 알 수 있도록 제목을 돋보이게 한다

消防設備点検のお知らせ

大阪本社の消防設備の点検を下記のとおり行います。

非常ベルの点検時、ベル音がなる場合がありますので、

본문은 계절의 인사 등은 생략하고 용건만을 간략하게 구체적으로 적는다

ご了承ください。ご協力の方、よろしくお願いいたします。

記

1　日時　00年00月00日(月)
　　　　　午前9時〜10時

본문과 별도로 시간과 장소등을 기입한다

2　場所　本社ビル1階〜5階

3　内容　消化全、消防器具、非常ベル、
　　　　　防火扉等の作動確認

끝내는 말

以上

3 사외문서의 기본

1 사외문서란?

말 그대로 회사 외부에 보내는 문서가 사외문서이다. 내용적으로는 慶
弔状케이쵸우조우(경조장) 挨拶状아이사츠조우(인사장)등의 사교문서와,
照会状쇼우카이조우(조회장)등의 비즈니스 문서의 2종류로 나눌 수 있
다. 비즈니스 문서의 경우, 전화상으로 내용을 전달했다고 해도, 내용의
확인이나 상세한 의뢰 등을 나중에 문서로 해서 보내는 것이 정식적인 방
법이다.

2 사외문서의 종류

사외문서는 구체적으로 다음과 같은 종류가 있다. 社交文書샤코우분쇼
로서는 慶事케이지(경사스러운 일이 있을 때)나弔事쵸우지(상을 당했을
때)때에 내는 慶弔状케이쵸우조우가 있고, 이동의 인사나 답례 등의 挨拶
状아이사츠조우, 여름 한더위에 안부를 묻는 暑中見舞い쇼츄우미마이, 병으
로 입원 했거나 했을 때 보내는 病気見舞い뵤우키미마이 등의 見舞状미마이
죠우(안부장), 이벤트 등에의 초대장이나 안내장 등.
비즈니스 문서로서는, 인사이동이나 주소변경 등을 알리는 通知状, 재고
가 있는지 없는지의 여부를 묻는 照会状, 입금이나 납품을 재촉하는 督促
状, 신규거래나 강연 등을 의뢰하는 依頼状, 견적을 의뢰하는 見積依頼書,
견적에 대한 결과를 알리는 見積書, 상품을 주문하는 注文状 등이 있다.

비즈니스 문서	사교문서
通知狀 통지장	慶弔狀 경조장
依賴狀 의뢰장	あいさつ狀 인사장
照会狀 조회장	見舞狀 문안장
見積依賴書、見積書、注文狀 견적의뢰서, 견적서, 주문서	案内狀 안내장
督促狀 독촉장	

③ 외부문서를 작성 하는 데 있어서의 주의점

틀에 박힌 형식이나, 표현을 하는 게 정식적인 스타일이고, 실례가 없다. 자신의 개성을 살리자는 생각은 접어두는 것이 좋다. 또 보내는 시기를 놓치지 않는 것이 포인트이다. 컴퓨터로 작성한 인쇄물일 경우, 마지막에 자필로 한자 적어 넣는 게 정성이 깃들인 듯한 느낌을 준다.

④ 경칭을 사용 할 때의 주의점

사내문서에서도 설명 했으나 다시 한번 자세히 검토 해 보도록 하자.
문서를 받는 상대가 회사나 기관일 때는 「御中온츄우」, 예를 들어 ○○ 회사 앞으로 보내는 서류는 「株式会社○○ 御中카부시키카이샤 ○○ 온츄우」라고 기입한다.
받는 사람이 직책이 있을 경우, 직책 뒤에 「殿토노」를 붙인다. 예를 들어 받는 사람이 직책이 부장일 때, 「山田部長 殿야마타부쵸우토노」라고 기입한다.

직책에 이어서 상대방의 이름을 적을 경우, 「殿토노」나 「様사마」. 예를 들면, 「部長 山田 太郎 殿」 또는 「部長 山田 太郎 様」 이때, 이름을 먼저 적고 직책을 다음에 기입하는 것은 잘못된 표기이니 주의하자. 그러므로 「山田太郎 部長 殿」는 잘못된 기입이다.

직업이 작가나 의사나 의원 등일 때는 「先生」를 붙인다. 이때 「先生」 뒤에 「殿」나 「様」는 붙이지 않는다. 일반적으로 직책자체가 경칭이므로 직책 뒤에는 경칭을 사용하지 않는 것이 원칙이나, 회화표현에서 잘못된 상태로 언어화 되어 있는 경우도 있다. 예를 들면 「社長様샤초우상」이라고 부르는 사람도 간혹 있다. 혼동 하지 않도록 주의하길 바란다

5 여러 가지 호칭; 자칭, 타칭을 구별하자

	타 칭	자 칭
会社・銀行・商店	貴社　御社　貴行　貴会 貴店　貴工場	小社　本社　当社 弊社　当行　本校 小店　弊店　当商会 当所　弊工場
官庁・学校・病院	貴省　貴庁　貴校　貴大学 貴院　御校　御母校	当庁　本庁　当公社 当校　本校　わが校 本学　当院　当病院 本病院
住地	御地　貴地　貴地方　貴町 貴県　そちら	当地　当市　当村　本県 弊地　当地方 当方面　こちら

① 平成○○年○○月○○日　　①発信日
③ 日本貿易株式会社　　② 営発：0000−00000　　②文書番号　　前
　　販売促進部　　御中　　　　　　　　　　　　　③受信者名　　付

④ 株式会社大韓工業　　　　　　　④発信者名
　　技術課長　李　順　昌

〒165-8555　　東京都中野区江原町
　　　　　　　TEL　03(3211)0000
　　　　　　　FAX　03(3211)0001

⑤ 新製品の説明会の件　　　　　　　　⑤標　題

⑥ 拝啓　初冬の候、貴社ますますご清祥のこととお喜び　　⑥前　文
　　申し上げます。平素は格別のお引き立てを賜り、厚
　　くお礼申し上げます。　　　　　　　　　　　　　　　⑦主　文　　本
⑦ さて、貴部署よりお問い合わせの新製品の性能およ　　　　　　　　　文
　　び現場での取り扱いに関する説明会を、下記により
　　開催することになりましたのでご通知申し上げます。　⑧末　文
　　資料は現在当部にて作成中で、当日配布いたします。
⑧ 貴社の今後のご繁栄をお祈り申し上げます。まずは新　　⑨結　語
　　製品説明会開催のご通知まで。

⑨ 敬具

⑩　　　　　　　記　　　　　　　　⑩特記事項　　別
日　時　　平成20年00月00日（木）午後00時〜00時　　　　　　　　記
場　所　　弊社8階会議室　　　　　　　　　　　　　⑪別記結語

⑪ 以上

주의 두어와 결어에서 자세히 설명하겠으나 ⑥과⑨의 시작과 맺음은 한 쌍으로 사용 한다

4 외부문서의 기본형식 번역문; 신제품의 건

① 발신일
② 문서번호

③ 수신자명

④ 발신자명

⑤ 신제품 설명회의 건

⑥ 본문내용
배계 초겨울 입니다. 귀사의 일익 번영 하심을 축하 드립니다.
늘 각별히 아껴 주셔서 깊이 감사 드립니다.
⑦ 다름이 아니라, 귀부서 에서 문의하신 신제품의 성능과 현장에서 사용하는 데 대한 설명회를 아래와 같이 개최하게 되었음을 알립니다. 자료는 현재 저희 부서에서 작성 중이니 당일 배포 하겠습니다.
⑧ 귀사의 이후의 번창을 기원합니다. 일단은 신제품설명회 개최의 통지를.

경구

기

일 시 평성 00년00월00일 (요일) 오후00시부터00시까지

장 소 저희 회사8층 회의실

이상

주의
1. ③수신자명은 앞에서 설명한 바와 같이, 회사, 단체, 개인, 직책 등을 구별해서 사용 할 것. (御中、樣、殿)
2. ⑦주문과 ⑧말문의 시작은 한자 간격을 띄울 것
3. 일본에서는 서력보다는 일본 특유의 연대를 사용한다. 천황이 직위에 오른 해, 元年부터 시작된다. 서력으로 2008년은 平成20年헤이세이(평성20년)이 된다.

頭語두어와 結語결어의 대응표

편지의 종류	頭語두어	結語결어
일반적인 편지	ひと筆申し上げます 拝啓、拝呈、啓上	かしこ(여성전용) 敬具、拝具、拝白、かしこ
격식을 갖춘 편지	謹んで申し上げます 謹白、謹啓、謹呈、恭啓	かしこ 敬具、敬白、頓首、かしこ
전문을 생략하는 편지	前文お許しください 前略ごめんください 前略、冠省	草々 草々、不一、不備
급한 용건의 편지	とり急ぎ申し上げます 急白、急啓、略啓	草々 草々、不一、不備
재도 보내는 편지	重ねて申し上げます 拝啓、再呈	かしこ 敬具、拝具、拝白、かしこ
답신 편지	お手紙拝見いたしました 拝復、復啓	かしこ 敬具、拝具、拝白、かしこ

1 두어와 결어는 한 쌍으로 사용

공식적인 편지의 맨 처음과 맨 끝은 한 쌍으로 사용한다.

예를 들어 拝啓하이케이로 시작하면敬具로 끝내고, 前略젠랴쿠로 시작하면 草々소우소우로 끝낸다.

위의 표를 참고로 하길 바란다.

② 「かしこ카시코」는 단독으로 사용할 수 있는 결어

처음과 끝을 한 쌍으로 사용하나 여성의 편지에 사용하는 「かしこ」은 단독으로 사용할 수 있다. 계절인사로 시작하는 문장이나 전문을 생략하는 문장에도 사용한다.

③ 「前略」다음에는 바로 「主文」으로 들어간다

「前略」의 두어에는 [인사는 생략하겠습니다]라는 뜻이므로, 계절의 인사나 전문은 모두 생략하고 바로 「主文」을 시작한다.

④ 손위의 사람에게 「前略」은 실례이다

「前略」은 인사를 일체 생략하겠다는 뜻이므로 예의를 갖추어야 할 윗사람에게는 사용하지 않는다. 편지는 물론이고 엽서의 경우도 마찬가지이다.

⑤ 두어와 결어를 생략하는 경우

친한 친구 사이에 두어와 결어를 사용하는 것은 딱딱한 감이 있으니 허물없는 사이에는 생략해도 좋다. 다음과 같은 경우, 두어, 결어는 물론이고 계절의 인사도 생략한다.
- 年賀状・暑中見舞い・寒中見舞い(연하장, 더위문안, 추위문안)
- お詫び・抗議・催促・災害見舞い(사죄, 항의, 독촉, 재해문안)
- 死亡通知・お悔やみ状・年賀欠礼の挨拶(사망통지, 위안장, 연하장 결례의 인사)

6 행의 처음에 「私」, 행의 끝에 「あなた」는 사용금지

「○○様」「あなた」「貴社」등, 상대를 뜻하는 말은 행의 중앙보다 위쪽에 적고 「私」「弊社」등 자신을 뜻하는 말은 행의 중앙보다 밑에 적든가, 아니면 글자자체를 작게 적는다.

7 상대의 이름자는 旧字와 常用漢字를 구별하자

일본한자에는 旧字(正字)와 常用漢字(상용한자)가 있는데, 상대방의 이름의 경우, 같은 뜻의 글자라 하더라고 마음대로 적으면 안 된다.
예를 들어, 「斎藤사토우」의 「斎」는 旧字이고 「斉藤사토우」의 「斉」는 상용한자이다. 같은 글자이나 이유가 있어 일부러 旧字를 사용하는 것이므로 틀리지않도록 명함등을 확인 하는 것이 좋을 것이다. 문서를 컴퓨터로 작성할 경우 旧字가 없을 때는 칸을 비우고 손으로 기입하는 것도 좋은 방법이다.

6   漢語調의 계절인사

漢語調의 계절인사는 음력에 맞춰서 만들어져 있기 때문에 실제로의 계절과 차이가 있다. 이때는 임기응변으로 口語調를 사용해도 된다.
漢語調와 口語調의 관용표현을 구체적으로 설명하겠다.

1월(睦月) 무츠키	新春の候 初春の候 仲冬の候	厳冬の候 大寒の候 小寒の候	酷寒の候 厳寒の候 極寒の候
2월(如月) 키사라기	梅花の候 残寒の候 晩冬の候	季冬の候 春寒の候 暮冬の候	向春の候 立春の候 軽暖の候

3월(弥生) 야요이	春陽の候 浅春の候 早春の候	春雪の候 孟春の候 弥生の候	春分の候 啓蟄の候 残暖の候
4월(卯月) 우즈키	陽春の候 春暖の候 仲春の候	桜花の候 麗春の候 春粧の候	清明の候 惜春の候 穀雨の候
5월(皐月) 사츠키	新緑の候 若葉の候 薫風の候	青葉の候 晩春の候 葉桜の候	立夏の候 暮春の候 季春の候
6월(水無月) 미나즈키	初夏の候 向暑の候 向夏の候	梅雨の候 入梅の候 薄暑の候	麦秋の候 夏至の候 短夜の候
7월(文月) 후미즈키	盛夏の候 猛暑の候 炎暑の候	小暑の候 仲夏の候 大暑の候	極暑の候 酷暑の候 厳暑の候
8월(葉月) 하즈키	残暑の候 晩夏の候 暮夏の候	立秋の候 早涼の候 処夏の候	処暑の候 季夏の候 秋暑の候
9월(長月) 나가즈키	清涼の候 初秋の候 秋分の候	新秋の候 秋涼の候 新涼の候	初露の候 重陽の候 良夜の候
10월(神無月) 칸나츠키	清秋の候 紅葉の候 仲秋の候	寒露の候 爽秋の候 錦秋の候	秋冷の候 秋雨の候 秋晴の候
11월(霜月) 시모츠키	晩秋の候 暮秋の候 向寒の候	立冬の候 初雪の候 小雪の候	深秋の候 季秋の候 霜寒の候
12월(師走) 시와스	歳末の候 師走の候 冬至の候	初冬の候 寒冷の候 寒気の候	歳晩の候 歳末の候 月迫の候

7 口語調의 계절인사

1월의 계절인사

○ 新春のお喜びを申し上げます
신슌노 오요로코비오 모우시아게마스
신춘(새해라는 뜻이 있다)경축합니다

○ 松の内のにぎわいもようやく平常に戻りましたが
마츠노우치노 니기와이모 요우야쿠 헤이조우니 모도리마시타가
설의 활기도 이제야 평상시로 돌아왔습니다만

○ 寒風が身にしみるこのごろ
칸푸우가 미니시미루 코노고로
찬바람이 몸에 스미는 지금 이때

○ 寒風厳しい折
칸푸우 키비시이 오리
찬바람이 드센 때

○ 例年にない暖かさに恵まれておりますが
레이넨니 나이 앗타카사니 메구마레테 오리마스가
다른 해에 없는 따듯함을 누리고 있습니다만

2월의 계절인사

○ 立春とは名ばかりの寒い日が続いておりますが
릿슌토와 나바카리노 사무이히가 츠즈이테 오리마스가
입춘은 말뿐이고 추운 날이 계속되고 있습니다만

○ 余寒なお厳しい折
  요칸 나오 키비시이 오리
  남은 추위 아직 심한때

○ 春寒いよいよ募る毎日ですが
  슌칸 이요이요 츠노루 마이니찌데스가
  봄추위가 이제 점점 심해져 가는 매일입니다만

○ 春の気配が感じられるころとなりましたが
  하루노 케하이가 칸지라레루 코로토 나리마시타가
  봄의 기색이 느껴지는 때가 되었습니다만

3월의 계절인사

○ 日ごとに木の芽もふくらんでまいりましたが
  히고토니 키노메가 후쿠란데 마이리마시타가
  날날이 나무의 새싹이 부풀어 오르고 있습니다만

○ ようやく春めいてまいりましたが
  요우야쿠 하루메이테 마이리마시타가
  이제야 봄다워 졌습니다만

○ ひと雨ごとに春の訪れを感じるこのごろですが
  히토아메고토니 하루노 오토즈레오 칸지루 코노고로데스가
  비가 올 때마다 봄이 다가오는 것이 느껴지는 지금 이때입니다만

○ 春一番が到来しましたが
  하루이찌방가 도라이시마시타가
  봄바람(春一番은 입춘 경에 부는 강한 남풍으로 봄의 시작을 알리
  는 바람)이 불었습니다만

○ 水ぬるむころとなりましたが
　미즈 누루무 코로토나리마시타가
　물이 따듯해질 때가 됐습니다만

4월의 계절인사

○ 桜前線が足早に北上しているこのごろですが
　사쿠라젠센가 아시바야니 호쿠죠우시테이루 코노고로데스가
　벚꽃전선이 빠르게도 북상하고 있는 지금 이때입니다만

○ 花便りが聞かれるこのごろですが
　하나타요리가 키카레루 코노고로데스가
　꽃 소식이 들려오는 지금 이때입니다만

○ 春風の心地よい季節となりました
　하루카제노 코코치요이 키세츠토 나리마시타
　봄바람이 기분 좋은 계절이 되었습니다

○ 桜花らんまんの好季を迎えましたが
　오우카 란만노 코우키오 무카에마시타가
　벚꽃이 만발한 좋은 계절을 맞이 했습니다만

○ 春光うららかな日が続いています
　슌코우 우라라카나 히가 쯔즈이테이마스
　봄볕 화창한 날이 계속되고 있습니다

○ うららかな春日和となりましたが
　우라라카나 하루비요리토 나리마시타가
　화창한 봄날다워 졌습니다만

○ 春たけなわの好季を迎え

하루 타케나와노 코우키오 무카에

봄 바야흐로 한창인 좋은 계절을 맞이해

5월의 계절인사

○ 若葉の緑が目にしみる好季

와카바노 미도리가 메니시미루 키세츠

새잎의 녹색이 눈에 스며드는 계절

○ 新緑のすがすがしい季節を迎えましたが

신료쿠노 스가스가시이 키세츠오 무카에마시타가

신록의 상쾌한 계절을 맞이 했습니다만

○ 風薫る季節を迎え

카제카오루 키세츠오 무카에

훈풍의 계절을 맞이해

○ 端午の節句を迎え

탄고노 셋쿠오 무카에

단오의 절구를 맞이해

○ 五月晴れの空に新緑が映える季節となりましたが

사츠키바레노 소라니 신료쿠가 우츠에루 키세츠토 나리마시타가

오월 맑은 하늘에 신록이 비추는 계절이 되었습니다

○ 初夏の気配がただようきょうこのごろですが

쇼카노 케하이가 타다요우 쿄우코노고로데스가

첫여름의 기색이 떠도는 어제 오늘 입니다만

○ 行く春が惜しまれる季節ですが
  유쿠하루가 오시마레루 키세츠데스가
  가는 봄이 아쉬운 계절입니다만

○ 梅雨明けが待たれる毎日ですが
  츠유아케가 마타레루 마이니찌데스가
  장마가 걷기를 기다리는 매일입니다만

○ 今年は空梅雨で晴天が続いておりますが
  코토시와 카라쯔유데 세이텐가 쯔즈이테오리마스가
  올해는 가뭄으로 맑은 날이 계속되고 있습니다만

○ 日増しに暑くなってまいりましたが
  히마시니 아츠쿠 낫테마이리마시타가
  날이 갈수록 더워지고 있습니다만

○ 初夏の風が爽やかに感じられる季節となりましたが
  쇼카노 카제가 사와야카니 칸지라레루 키세츠토 나리마시타가
  첫여름의 바람이 기분 좋게 느껴지는 계절이 되었습니다만

○ うっとうしい長雨続きですが
  웃토우시이 나가아메 쯔즈키데스가
  지겨운 긴 장마가 계속되고 있습니다만

○ 暑中お見舞い申し上げます
  쇼츄우 오미마이 모우시아게마스

서중 더위의 문안 올립니다

○ いよいよ本格的な夏が訪れました
　이요이요 혼카쿠테키나 나츠가 오토즈레마시타
　이제 본격적인 여름이 찾아 왔습니다

○ 長かった梅雨もようやく明けましたが
　나가캇타츠유모 요우야쿠 아케마시타가
　길었던 장마도 이제야 끝났습니다만

○ 海や山の恋しい季節となりました
　우미야야마노 코이시이 키세츠토 나리마시타
　바다와 산이 그리워지는 계절이 되었습니다

○ いよいよ夏ですね
　이요이요 나츠데스네
　이제 여름이네요

○ 梅雨明けとともに猛暑の夏が到来しましたが
　츠유아케토토모니 모우쇼노 나츠가 토우라이시마시타가
　장마가 끝나고 맹렬한 더위의 여름이 왔습니다만

○ 緑の木陰が恋しい季節ですが
　미도리노 키카게가 코이시이키세츠데스가
　녹색의 나무그늘이 그리워지는 계절입니다만

8월의 계절인사

○ 残暑お見舞い申し上げます
　잔쇼 오미마이 모우시아게마스

잔서 문안 드립니다

○ 毎日、相変わらずの猛暑の日々が続いておりますが
마이니찌, 아이카와라즈노 모우쇼노 히비가 츠즈이테오리마스가
매일 여전하게 무더운 날이 계속되고 있습니다만

○ 残暑厳しい折
잔쇼 키비시이 오리
잔서 엄한때

○ 暑さもどうやら峠を越したようですが
아츠사모 도우야라 토우게오 코시타요우데스가
더위도 그럭저럭 한고비 넘긴것 같습니다만

○ こちらでは毎日、寝苦しい熱帯夜が続いておりますが
코치라데와 마이니치 네쿠루시이 넷타이야가 쯔즈이테 오리마스가
이쪽은 매일같이 잠을 설치는 열대야가 계속되고 있습니다만

○ 立秋とは名ばかりで
릿슈우토와 나바카리데
입춘은 말뿐이고

9월의 계절인사

○ あたりの景色もようやく秋色に帯びてまいりましたが
아타리노 케시키모 요우야쿠 아키이로니 오비테마이리마시타가
주위의 풍경도 이제 가을색을 띄웁니다만

○ 9月とはいえ日中は汗ばむほどの陽気ですが
쿠가츠토와 이에 닛추우와 아세바무호도노 요우키데스가

9월이라고는 하지만 낮에는 땀나는 날씨입니다만

○ 朝夕はだいぶしのぎやすくなってまいりましたが
　아사유우와 다이부 시노기야스쿠 낫테마이리마시타가
　아침 저녁으로는 많이 견딜 만해졌습니다만

○ 残暑も日ごとに和らいでまいりましたが
　쟌쇼모 히고토니 야와라이데 마이리마시타가
　남은 더위도 날이 갈수록 온화해지고 있습니다만

○ 初秋さわやかな季節となりました
　쇼슈우 사와야카나 키세츠토 나리마시타
　초가을 상쾌한 계절이 되었습니다

○ すだく虫の音に秋の訪れを感じるきょうこのごろですが
　스다쿠 무시노네니 아키노 오토즈레오 칸지루 쿄우고노고로데스가
　벌레의 울음소리에 가을이 다가오는 것을 느끼는 오늘 이때입니다만

10월의 계절인사

○ 木々の葉も日ごとに色づいてまいりましたが
　키기노 하모 히고토니 이로즈이테 마이리마시타가
　나무나무의 잎이 날날이 색깔이 들어가고 있습니다만

○ 空高く、もの皆肥ゆる季節ですが
　소라타카쿠, 모노미나 코유루 키세츠데스가
　하늘 높고, 모든 사물이 살찌는 계절 입니다만

○ 秋晴れのすがすがしい毎日が続いておりますが
　아키바레노 스가스가시이 마이니찌가 쯔즈이테 오리마스가

제11과 비즈니스 문서와 사적문서 145

가을, 맑고 쾌적한 매일이 계속되고 있습니다만

○ 紅葉の美しい季節となりましたが
　코우요우노 우츠쿠시이 키세츠토 나리마시타가
　단풍의 아름다운 계절이 되었습니다만

○ 早くも紅葉の便りが聞かれるようになりましたが
　하야쿠모 코우요우노 타요리가 키카레루 요우니나리마시타가
　빠르게도 단풍소식이 들려 옵니다만

○ 味覚の秋です
　미카크노 아키데스
　미각의 가을입니다

○ 秋さわやかな季節となりましたが
　아키사와야카나 키세츠토 나리마시타가
　가을, 상쾌한 계절이 되었습니다

11월의 계절인사

○ 菊香る季節となりましたが
　키쿠카오루 키세츠토 나리마시타가
　국화가 향기로운 계절이 되었습니다만

○ 朝晩の冷え込みが厳しくなってまいりましたが
　아사방노 히에코미가 키비시쿠 낫테마이리마시타가
　아침 저녁으로 추위가 심해졌습니다만

○ 落ち葉を舞い上げる冷たい風に冬の訪れを感じます
　오치바오 마이아게루 츠메타이 카제니 후유노 오토즈레오 칸지마스

낙엽을 날리는 차가운 바람이 겨울이 다가옴을 느낍니다

12월의 계절인사

○ 今年も残り少なくなってまいりましたが
코토시모 노코리 스쿠나쿠 낫테마이리마시타
올해도 얼마 남지 않았습니다만

○ 師走に入り、何かと慌ただしい日々をお過ごしのことと
시와스니 하이리 나니카토 아와타다시이 히비오 오스고시노코토토
12월에 들어 뭔가 바쁜 날들을 보내시리라

○ 年の瀬もいよいよ押し迫ってまいりましたが
토시노 세모 이요이요 오시세맛테 마이리마시타가
한 해가 이제 곧 끝나려 하고 있습니다만

○ 雪の便りも届くころとなりました
유키노 타요리모 토도쿠고로토 나리마시타
눈소식도 들려올 때가 되었습니다

○ 歳末ご多忙の折
토시스에 고타보우노 오리
연말, 바쁘실 때

○ 新年を迎える準備で忙しい日々をお過ごしのことと存じます
신넨오 무카에루 쥰비데 이소가시이 히비오 오스고시노 코토토 존지마스
새해를 맞이할 준비로 바쁘신 날들을 보내시리라 알고 있습니다

8 前文의 관용적 표현법

공식적인 편지로, 前文을 형식을 갖추어서 표현할 때는 「頭語 → 계절 인사 → 건강·번영을 축하하는 말 → 후의에 대한 감사의 말 →소식이 뜸한데 대한 사죄의 말」순으로 한다. 앞에서 열거한 관용적인 표현들을 사용해 前文을 만들면 간단하고 격식 있는 문장을 만들 수 있다.

후의에 대한 감사의 말에서 회사나 단체에 내는 통지장·안내장은 「ご厚誼」「ご高配」「ご支援」「お引き立て」 등을 사용하고, 개인에 보내는 편지에는 「ご指導」「お世話」 등을 사용한다. 앞에서 頭語와 계절인사를 구체적으로 살펴봤으니, 건강·번영을 축하하는 말 → 후의에 대한 감사의 말 → 식이 뜸한데 대한 사죄의 말을 구체적으로 검토해 보자.

❶ 건강·번영을 축하하는 말
(항상 변함없이 건강하시리라 믿고 있습니다 등)

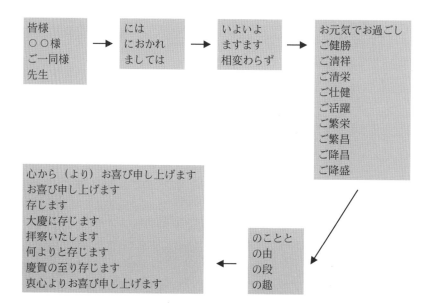

그럼, 위의 표를 이용해서 前文을 만들어 보자.

예; 皆様には相変わらずお元気でお過ごしのことと心からお喜び申し上
げます

미나사마니와 아이카와라즈 오켕키데 오스고시노코토토 코코로카라 오요로코
비오 모우시아게마스

여러분 모두 변함없이 건강하게 지내시리라고 믿고, 마음속으로부
터 기쁨을 전합니다.

❷ 후의(厚誼)에 대한 감사의 말(늘 아껴 주셔서 감사합니다)

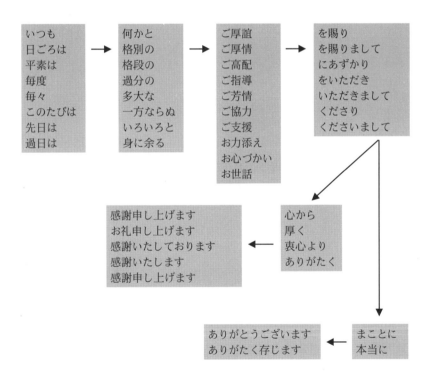

예; 平素は格別のご高配を賜り 心からお礼申し上げます

헤이소와 카쿠베츠노 고코우하이오 우케타마와리 코코로카라 오레이모우시아
게마스

평상시, 각별히 깊은 배려를 받아서 마음속으로부터 감사를 전합니다

③ 무소식을 사죄 하는 말(오래간만 입니다)

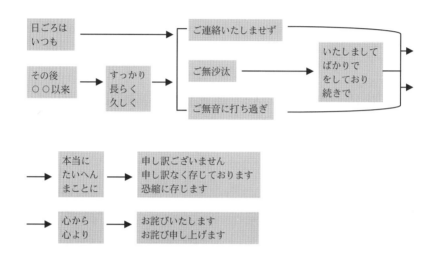

예; 日ごろはご無沙汰をしており本当に申し訳ございません

히고로와 고부사타오시테오리 혼토니 모우시와케고자이마센

평상시 연락드리지 못해 정말로 죄송합니다

9 末文의 관용적 표현

그럼 말문의 흐름을 소개 하겠다. 말문의 구성은 「이후의 지도·후의를 바라는 말→ 건강이나 번영을 기원하는 말→ 끝내는 말」 순으로 이어진다. 다음의 표를 이용해서 문서를 만들어 보자.

① 이후의 지도 · 후의를 바라는 말

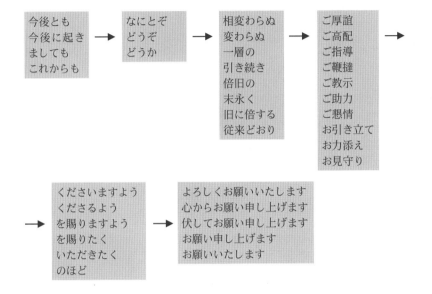

예; 今後ともどうぞ変わらぬご指導くださるよう心からお願い申し上げ
　　ます

곤고토모 도우조 카와라누 고시도쿠다사루요우 코코로카라 오네가이 모우시
아게마스

이후로도 아무쪼록 변함없이 지도해 주시길 마음속으로부터 부탁
드립니다

❷ 건강 번영을 · 기원하는 말

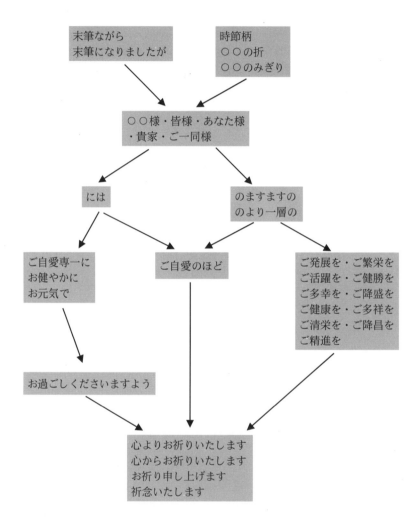

예; 時節柄、皆様のますますのご清栄を心よりお祈りいたします。
지세츠가라 미나사마노 마스마스노 고세이에이오 코코로요리 오이노리이타시
마스
때가 때인만큼, 여러분의 일익 번창을 기원합니다.

③ 끝맺음의 말

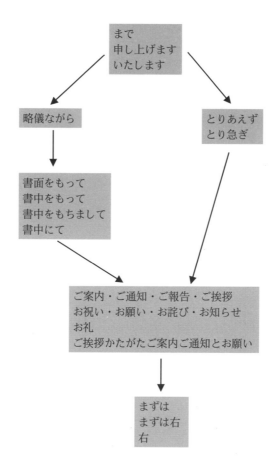

예; まずは右、取り急ぎご挨拶まで
마즈와 미기, 토리이소기 고아이사츠마데
우선은 오른쪽, 급한 대로 인사까지.

④ 봉투의 앞면과 뒷면

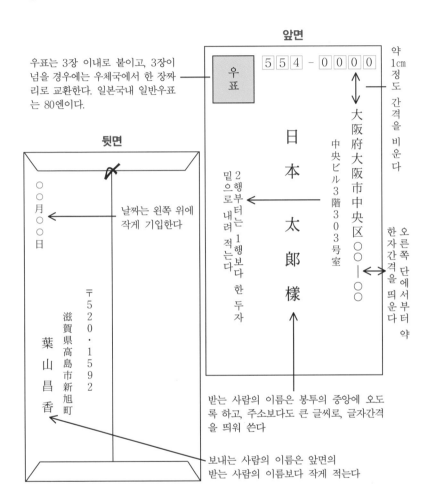

우표는 3장 이내로 붙이고, 3장이 넘을 경우에는 우체국에서 한 장짜리로 교환한다. 일본국내 일반우표는 80엔이다.

앞면

554 - 0000

大阪府大阪市中央区○○―○○

中央ビル3階303号室

日本 太郎 様

약 1cm 정도 간격을 비운다

오른쪽 단에서부터 약 한자 간격을 띄운다

뒷면

○○月○○日

날짜는 왼쪽 위에 작게 기입한다

2행부터는 1행보다 한 두 자 밑으로 내려 적는다

〒520·1592

滋賀県高島市新旭町

葉山昌香

받는 사람의 이름은 봉투의 중앙에 오도록 하고, 주소보다도 큰 글씨로, 글자간격을 띄워 쓴다

보내는 사람의 이름은 앞면의 받는 사람의 이름보다 작게 적는다

⑤ 慶事(경사)·一般(일반)의 봉투와 弔事(상사)의 봉투 사용법

각 봉투를 세워서 사용 할 때는 慶事(경사)·一般(일반)과 弔事(상사)
의 경우 구별해서 사용하니 용도에 맞추어 사용 하도록 주의하자. 弔事
(상사)의 경우에는 뚜껑이 왼쪽으로 가게하고, 보내는 사람의 주소와 성
명을 적는 위치도 달라진다.

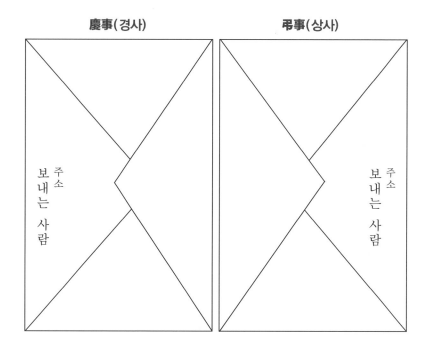

慶事(경사)   **弔事(상사)**

주소 보내는 사람   주소 보내는 사람

10 비즈니스 문서의 예문

여러 가지 기본형식을 보아 왔으니, 실질적으로 문장을 만들어 보도록 하자.

❶ 社長就任の挨拶

拝啓　陽春の候　皆様にはいよいよご清栄の段　心からお喜びもうしあげます

平素は格別のご支援ご協力を賜り　厚くお礼申し上げます

　　　　　　　　　　　　　　　　　　　　　　さて　私儀

このたび先代〇〇〇〇の後任として　平成〇〇年〇〇月〇〇日をもちまして

代表取締役社長に就任いたしました

なにぶんにも若輩にて浅学非才の身ではございますが　社業発展のために尽力さ

れた前社長の路線を継承しつつ　社業が二十一世紀に大きく飛翔するよう身を挺

して精励していく所存でございますので　一層のご指導ご協力を賜りますよう衷

心よりお願い申し上げます

まずは略儀ながら　書中をもってご挨拶申し上げます

　　　　　　　　　　　　　　　　　　　　　　　　　　　敬　具

平成〇〇年〇〇月〇〇日

　　　　　　　　　　　株式会社〇〇工業

　　　　　　　　代表取締役社長　田　中　一　郎

사장 취임의 인사

배계 따뜻한 봄의 후, 여러분의 일익 번영 하심을 마음속으로부터 기쁨을 알립니다.

늘 각별히 아끼고 보살펴 주셔서 깊이 감사드립니다.

다름이 아니라, 이번에 저는 전사장인 ○○○의 후임으로 ○○년 ○○월○○일자로 대표취제역 사장으로 취임 했습니다.

아직 미력하지만, 사업발전을 위해 힘을 다한 전사장의 노선을 이어받아 사업이 21세기에 크게 비약 하도록 몸을 아끼지 않고 최선을 다 하겠으니 더 많은 지도와 협력을 부탁드립니다.

일단은 간단하게나마 글로써 인사드립니다.

경구

○○년○○월○○일

주식회사 ○○공업
대표취제역사장 타나카 이치로우

문장의 구성법
· 前文의 인사
· 취임의 통지
· 향후의 결의와 포부
· 자사에 대한 지도와 지원의 부탁
· 末文의 인사
· 보내는 날짜와 보내는 사람의 이름

拝啓　初夏の候　いよいよご健勝のこととお喜び申し上げます

このたびの人事異動で　東京本社購買課より大阪支社技術課長を命ぜられ

○月○日に着任いたしました　　　　　　　　　　　　さて　私儀

本社在勤中は　格別のご指導ご厚誼を賜り　深くお礼申し上げます

今後は心機一轉　新しい職場での任務に全力を注ぎたいと存じますので　なにとぞ

今後におきましても変わらぬご指導ご支援を賜りますようよろしくお願い申し上げ

ます

末筆ながら皆様のご健勝とご多幸を心からお祈り申し上げます

まずは略儀ながら書中をもってご挨拶申し上げます

　　　　　　　　　　　　　　　　　　　　　　　　　　　　敬具

平成○○年○○月○○日

　　　　　　　株式會社　日本産業　大阪支社

　　　　　　　　　　　　　山　田　次　郎

전임의 인사

배계 초여름의 후, 일익 건승하심을 경축합니다.

다름이 아니라, 이번 인사이동으로 동경본사 구매과로부터 오사카 지사 기술과장으로 발령받아 ○○월 ○○일자로 착임 했습니다.

본사 근무 중에는 각별한 지도와 후의를 받은 것에 대해 깊이 감사 드립니다.

장차 심기일전 하여 새로운 직장에서 전력을 다 하겠으니

아무쪼록 이후로도 변함없는 지도와 지원을 주시길 잘 부탁드리겠 습니다.

말필 이나마 여러분의 건강과 행복이 가득 하시길 기원합니다.

우선은 간략하게나마 서면으로 인사드립니다.

경구

○○년 ○○월 ○○일

주식회사 일본산업오사카지사
야마다 지로우

문장의 구성법
· 前文의 인사
· 전임의 인사
· 지금까지의 후의에 대한 감사
· 이후의 결의와 포부
· 末文의 인사
· 보내는 날짜와 보내는 사람의 이름

③ 商品出荷の通知

拝啓　初秋の候、平素は格別のご愛顧を賜り、ありがたく厚くお礼申し上げます。

さて、平成○○年○○月○○日付でご注文いただいた○○製品は、別紙納品明細書のとおり本日船積みにて発送いたしました。

着荷のうえはよろしくご査収のほどお願い申し上げます。

敬具

平成○年○月○日

株式会社　甲　乙

商品出荷担当　金　英　出

記

一　○○商品　1000箱

二　物品受領書　請求書　格2通

상품출하의 통지

배계 초가을의 후, 평시 각별히 아껴 주셔서 깊이 감사드립니다.
다름이 아니라, ○○년 ○○월 ○○일자로 주문해 주신 ○○제품
은 별지 납품명세서와 같이 오늘 선박으로 발송 했습니다.
물건이 도착 하면 잘 거두어 주시기 바랍니다.

경구

○○년 ○○월 ○○일

주식회사 갑을
상품출하담당 김 영 출

기

1. ○○상품 1,000상자
2. 물품수령서 청구서 각2통

문장의 구성법

· 타이틀
· 前文의 인사
· 상품발송의 통지
· 末文의 인사
· 보내는 날짜와 보내는 사람의 이름
· 별기(발송상품의 내용이나 청구서등)

商品着荷のご通知

拝復　平素は格別のご高配を賜り　ありがたく厚くお礼申し上げます。

さて、平成〇年〇月〇日付でご出荷の「〇〇」、本日午後1時着荷いたしました。

さっそく納品書と照合のうえ、検品いたしましたが、弊社注文に相違ございません。

つきましては入帳いたしましたので、納品受領書に捺印してご返送いたします。

敬具

― ― ― ― ― ― ― ― ― ― ― ― ―

着荷通知書

拝啓　時下ますますご清栄のこととお喜び申し上げます。平素は格別なご愛顧をいただき厚くお礼申し上げます。

左記(省略)の品、着荷いたしました。品名・数量とも間違いございません。

運送中の傷みもございませんのでご報告いたします。

敬具

(오른쪽)

물건도착의 통지

배복 평소 각별한 배려를 주서서 깊이 감사드립니다.

다름이 아니라, ○○년 ○○월 ○○일부로 출하하신, 「○○」가 오늘오후 1시에 도착했습니다.

즉시, 납품서와 조회한 뒤에 검품 했습니다만, 저희가 주문한 것과 틀림이 없었습니다.

그 일에 관해서는 장부를 받았으니 납품 수령서에 도장을 찍어 반송 하겠습니다.

경구

(왼쪽)

착하통지서

배계 귀하의 더욱더 번영하심을 축하드립니다.

평소 각별한 애고를 주서서 깊이 감사드립니다. 좌기(생략)의 물건, 착하 했습니다. 품명과 수량에도 틀림이 없습니다. 운송중의 상처도 없었으니 보고 드립니다.

경구

納期遅延のお詫び

拝啓　いつもご愛顧いただき、まことにありがとうございます。

さて、貴社よりご注文いただきました製品につき、部品の一部が未完成のため、一週間ほどご猶予をいただきたく存じます。

なにとぞご了承賜りますようお願い申し上げます。

敬具

平成〇年〇月〇日

- -

拝啓　時下ますますご清祥のこととお喜び申し上げます。

さて、このたびご注文いただきました〇〇は、祝日がかさなるため工場での生産が追いつかない状況でございます。

遅くとも今月末には、必ずご発送申し上げるべく総力をあげて製造、手配しておりますので、事情ご賢察のうえなにとぞご了承のほどお願い申し上げます。

敬具

平成〇年〇月〇日

(오른쪽)

납기지연의 사죄

배계 늘 아껴 주셔서 대단히 감사합니다.

다름이 아니라, 귀사로부터 주문 받은 제품에 대해, 부품의 일부가 미완성으로, 일주일 정도의 유예를 바랍니다.

아무쪼록 납득 바랍니다.

경구

○○년 ○○월 ○○일

(왼쪽)

배계 귀하의 일익 건승하심을 축하드립니다.

다름이 아니라, 이번에 주문해 주신 ○○은, 휴일이 겹쳐져 공장에서의 생산이 뒤따르지 못하는 상황입니다.

늦어도 이달 말까지는 반드시 발송 하도록 총력을 기울여 제조, 수배하고 있사오니, 사정을 현찰하여 주셔서, 아무쪼록 배려해 주시길 바랍니다.

경구

○○년 ○○월 ○○일

未着品の通知

拝啓　平素は格別のお引き立てを賜り、厚くお礼申し上げます。

さて、〇月〇日付で注文いたしました貴社製品が、いまだ到着しておりません。注文時に納期はくれぐれもまもっていただきたいと申し上げましたので、当社としては非常に困惑しております。

貴社もご存知のように〇〇は季節商品ですので、このように着荷が遅れるようでは売れ行きにも支障をきたすのではないかと危惧いたしております。

至急ご確認のうえご一報くださいますようお願い申し上げます。

右、とり急ぎご通知まで。

敬具

不良品返送の通知

前略　先般ご送付いただきました商品〇〇につき、商品の内側に傷があるものが混入されておりました。幸い出荷される前でしたので早速回収いたしました。

つきましては、傷のある商品１７個を本日ご返送いたしましたのでご検品のうえ、傷のない商品とお取換えいただきますようよろしくお願い申し上げます。

右、とり急ぎご連絡まで。

草々

(오른쪽)

불량품 반납의 통지

　전략　지난번 송부해 주신 상품 ○○중에, 상품의 안쪽 부분에 상처가 있는 것이 혼입되어 있었습니다. 다행히도 출하하기 전이어서 급히 회수 했습니다.

　그 일에 관해서는 상처가 있는 상품 17개를 오늘 반송 했으니, 검품을 하시고, 정품으로 교환해 주시길 바랍니다. 오른쪽(이상의), 급하게 연락까지

초초

価格改定のお願い

謹啓　初夏の候、ますますご繁栄のこととお喜び申し上げます。

平素は格別のご愛顧を賜り、ありがたく厚くお礼申し上げます。

さて、突然のご通知で、まことに恐れ入りますが、当社製品の一部について別紙

のとおり改定させていただきたく、伏してお願い申し上げます。

ご高承のとおり、○○の材料費が高騰を続けておりますために、現状の価格で

は採算がとれなくなった次第ででございます。

つきましては、まことに不本意でございますが７月１日納品分より改定させて

いただきたく存じます。

なにとぞご事情を賢察くださいましてご了承賜りますようよろしくお願い申し上

げます。

敬白

가격변경의 통지

근계 초여름, 일익 번영하심을 축하드립니다.

늘 각별한 애고를 주셔서 깊이 감사드립니다.

다름이 아니라, 돌연 듯 대단히 황송합니다만, 저희 회사 제품의 일부에 대해서, 별지와 같이 개정해 주시길 엎드려 빕니다.

잘 알고 계시는 바와 같이 ○○의 재료비가 계속 오르고 있기 때문에 현재의 가격으로는 채산이 맞지 않은 지경에 이르고 있습니다.

그러므로, 본이 아니게 7월1일 납품분 부터 개정해 주시길 바랍니다.

아무쪼록 사정을 현찰하셔서, 납득해 주시길 잘 부탁드립니다.

계백

문장의 구성법
· 타이틀
· 전문의 인사
· 가격 개정의 부탁
· 개정의 이유
· 개정의 기일
· 말문의 인사

送金のお知らせ

前略

〇月〇日付でご請求いただきました〇〇の製品代五〇万円也を、本日△△銀行□□支店へお振込みいたしましたのでお知らせいたします。

なお、お手数ですが、領収書を担当の葉山あてにお送りくださいますようお願い申し上げます。

まずは右、銀行お振込みのご通知まで。

草々

着金のお知らせ

拝復　貴社ますますご隆盛のこととお喜び申し上げます。

いつも格別のご愛顧にあずかり、厚くお礼申し上げます。

さて、〇月〇日付でお振込みの通知をいただきました〇〇の代金は、本日〇日付で確かに拝受いたしましたので、お礼申し上げます。

なお、領収書を同封いたしましたのでご受領ください。

今後ともお引き立てを賜りますようお願い申し上げます。

敬具

송금의 통지

전략

ㅇ월 ㅇ일부로 청구하신 ㅇ ㅇ의 제품대금 50만엔을, 오늘 △△ 은행 □□지점으로 송금 했기에 알려 드립니다.

그리고, 수고스럽지만, 영수증을 담당의 하야마 앞으로 보내주시길 부탁드립니다.

우선은 오른쪽, 은행송금의 통지까지.

초초

송금의 통지의 경우, 前略하고 前文을 생략해, 바로 본론으로 들어가 도 된다.

대금수령의 통지

배복 귀사의 일익 육성을 축하 드립니다.

언제나 각별히 아껴 주셔서 두텁게 감사 드립니다.

다름이 아니라, ㅇ월 ㅇ일부로 송금의 통지를 주신 ㅇㅇ의 대금은, 오늘 ㅇ일자로 수령했기에 예를 올립니다.

그리고, 영수증을 동봉 했으니 받아 주십시오.

이후로도 돌봐 주시길 바랍니다.

경구

송금의 경우와 달리, 대금수령의 통지는 두어와 배계, 상대의 번영을 축하하는 인사말을 생략하지 않는 것이 바람직하다.

代金請求の通知

拝啓　時下ますますご清栄のこととお喜び申し上げます。

平素は格別のお引き立てを賜り、厚くお礼申し上げます。

さて、〇月〇日付でご出荷いたしました製品〇〇の代金につきましては、先月××日までにご送金いただくようお願い申し上げましたが、いまだにお振込みがありません。つきましては、改めてご請求させていただきますので、恐れ入りますが、ご確認のうえ〇月〇日までに別紙の口座までお振込みいただきますようよろしくお願い申し上げます。

なお、本状と行き違いで入金の節はご容赦ください。

右、とり急ぎ代金のご請求まで。

　　　　　　　　　　　　　　　　　　　　　　　　　　　敬　具

대금청구의 통지(독촉장)

배계 일익 번영하심을 축하드립니다.

늘 각별히 아껴 주셔서 깊이 감사드립니다.

다름이 아니라, ○월 ○일부로 출하한 제품 ○○의 대금에 대해, 지난달 ○일까지 송금해 주시길 부탁 드렸습니다만, 아직 송금이 없습니다.

그래서, 다시 청구하오니 송구스럽지만, 확인해 주시고 ○월 ○일까지 별지의 구좌번호로 송금해 주시길 바랍니다.

그리고, 이 서신과 입금이 엇갈렸을 경우와 용서 하십시요.

오른쪽, 급한 대로 대금청구까지.

경구

거래처에 미납금의 청구를 하는 것은 그렇게 간단하지가 않다. 독촉의 통지장을 처음 낼 때는 어디까지나 부탁하는 자세로 정중한 문면으로 한다. 2번째에는 냉정하고도 엄격한 태도로 독촉 하는 것이 포인트이다.

※ 時下(지카)는 계절에 상관없이 언제나 쓸 수 있는 표현이다. 편지의 첫부분에 「時下」라고 쓴 다음 안부인사, 감사 인사 등을 쓰면 된다.

　FAX를 보낼 때는 받는이나 송신장수 등을 기입한 송신장을 같이 보낸다. 송신장은 회사에서 늘 사용 할 수 있게 넉넉하게 복사 해 두는 것이 좋다. FAX를 받은 사람이 회신하기 편리하게 발신자의 연락처도 기입해 둔다.

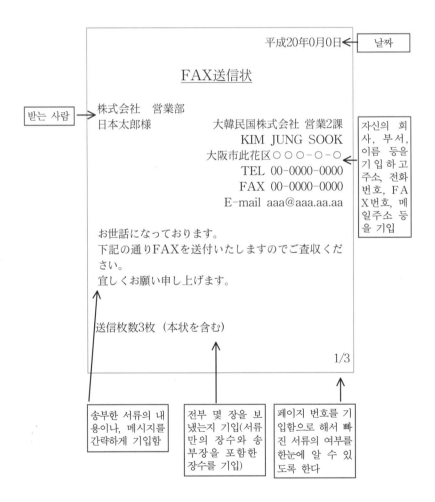

受信枚数3枚（本状を含む）

1/3

날짜

받는 사람

자신의 회사, 부서, 이름 등을 기입하고 주소, 전화번호, FAX번호, 메일주소 등을 기입

송부한 서류의 내용이나, 메시지를 간략하게 기입함

전부 몇 장을 보냈는지 기입(서류만의 장수와 송부장을 포함한 장수를 기입)

페이지 번호를 기입함으로 해서 빠진 서류의 여부를 한눈에 알 수 있도록 한다

상대방의 사정과 관계없이, 가볍게 보낼 수 있는 게 e메일이다. 그러나, 상대가 언제 볼지 모르므로 주의가 필요하다. 급한 용건일 때는 만일을 대비해서, 전화로 확인하는 것도 좋은 방법 일듯 싶다.

첨부파일을 보낼 때는, 상대방이 열수 있는 파일인지를 미리 확인 하도록 하자.

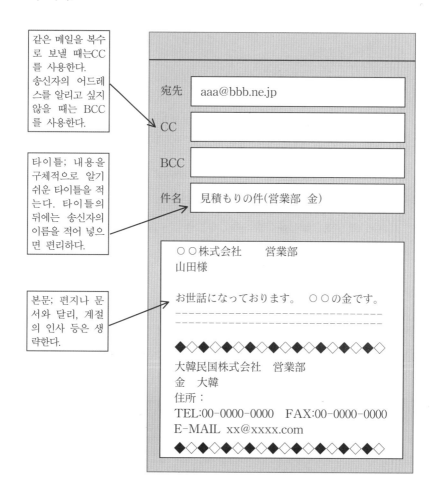

같은 메일을 복수로 보낼 때는 CC를 사용한다.
송신자의 어드레스를 알리고 싶지 않을 때는 BCC를 사용한다.

타이틀; 내용을 구체적으로 알기 쉬운 타이틀을 적는다. 타이틀의 뒤에는 송신자의 이름을 적어 넣으면 편리하다.

본문; 편지나 문서와 달리, 계절의 인사 등은 생략한다.

宛先　aaa@bbb.ne.jp

CC

BCC

件名　見積もりの件(営業部　金)

○○株式会社　　営業部
山田様

お世話になっております。　○○の金です。

◆◇◆◇◆◇◆◇◆◇◆◇◆◇◆◇

大韓民国株式会社　営業部
金　大韓
住所 :
TEL:00-0000-0000　FAX:00-0000-0000
E-MAIL xx@xxxx.com

◆◇◆◇◆◇◆◇◆◇◆◇◆◇◆◇

宛先	aaa@bbb.ne.jp
CC	
BCC	
件名	資料の件（営業部　金）

○○株式会社　　営業部
山田様

お世話になっております。大韓民国（株）の金です。
資料の件のメール、拝見しました。
ご連絡、ありがとうございます。
取り急ぎ、メール受信のご連絡まで。

◆◇◆◇◆◇◆◇◆◇◆◇◆◇◇

大韓民国株式会社　営業部
金　大韓
住所：
TEL:00-0000-0000　FAX:00-0000-0000
E-MAIL xx@xxxx.com
◆◇◆◇◆◇◆◇◆◇◆◇◆◇◇

본문; 늘 신세지고 있습니다. 대한민국 주식회사의 김입니다.
　　 자료의 건의 메일 보았습니다. 연락, 감사합니다.
　　 우선은 급하게, 메일의 수신의 연락까지.

宛先	aaa@bbb.ne.jp
CC	
BCC	
件名	お見積もりのお願い（営業部　金）

○○株式会社　　営業部
山田様
お世話になっております。大韓民国（株）の金です。
先日、ご紹介いただいた下記製品の件、検討させていただきました。
つきましては、お見積もりを頂けますでしょうか?
宜しくお願い申し上げます。
記
・商品番号○○　　数量　10.000個

◆◇◆◇◆◇◆◇◆◇◆◇◆◇◆◇
大韓民国株式会社　営業部
金　大韓
住所：
TEL:00-0000-0000　FAX:00-0000-0000
E-MAIL xx@xxxx.com
◆◇◆◇◆◇◆◇◆◇◆◇◆◇◆◇

본문; 늘 신세지고 있습니다. 대한민국 주식회사의 김입니다.
　　　지난번에 소개해 주신 아래의 제품의 건, 검토 했습니다.
　　　그 건에 대해 견적을 내 주셨으면 합니다.
　　　잘 부탁 드립니다.

일본 비즈니스 매너

관혼상제의 매너

제12과
관혼상제의 매너

1-1 　결혼식에 초대를 받았을 때

초대장에 대한 회신

　한국에서는 결혼식 전에 청첩장을 보내지만, 일본에서는 참가의 여부를 묻는 초대장을 보낸다. 초대장을 받으면 회신용의 엽서에 출석,결석을 선택해 빠른 시일(일주일 이내) 내로 투고한다. 특별한 일을 제외하고는 [출석]으로 답신을 보내는 것이 보통이다.

　회신용 엽서를 보낼 때는, 표면에 인쇄 되어있는 받는 사람의 난의 「行」을 지우고 「様」라고 고쳐 적는다. 뒷면의 「御出席」, 「御住所」의 「御」를 이중 선으로 지우고, 「御芳名」의 「御芳」도 이중 선으로 지운다. 상대방 으로 부터 보내온 엽서이기 때문에 처음부터 존경어로 적어져 있다. 그렇기 때문에 답신을 할 경우에는 일반적인 표현으로 고쳐야 할 필요성이 있다. 「出席」에 동그라미를 그리고 자신의 주소와 이름을 적는다. 여백에 「おめでとうございます。ぜひ出席させていただきます오메데토우고자이마스 제히 슷세키사세테 이타다키마스 축하드립니다. 꼭 참석 하겠습니다」등 간단 하게 적는다. 피치 않게 결석 할 때는 「欠席」난에 동그라미를 그리고, 축하의 말과 함께 결석의 이유와 사죄를 곁들인다. 「おめでとうございます。せっかくのご招待ですが当日は急な出張が決まってしまい出席できず残念です。お二人のお幸せをお祈り申し上げます오메데토우고자이마스 섹카쿠노 고쇼우타이데스가 토우지츠와 큐우나 슛초우가 키맛테시마이 슛세키데키즈쟌넹데스 오후타리노 오시아와세오 오이노리모우시아게마스 축하드립니다. 모처럼 초대해 주셨지만 당일은 급한 출장이 정해져 있어서 아쉽습니다. 두 분의 행복을 기원 합니다」.

　집안에 상(喪)을 당했을 경우, 일반적으로 49일이 지나면 상이 끝난 것으로 치나, 집안에 따라서는 일년 이내에는 경사스러운 곳은 삼가 하는 경우가 있다. 이런 경우, 이유는 간접적인 표현이 좋다. 예를 들으면 「やむを得ない所用で야무오에나이소요우데 피치 못할 사정이 있어서」라고 표현 하는 것이 매너이다. 예식 당일, 축전이 닿도록 수배해 놓도록 하자.

　그럼, 회신용 엽서의 적는 법을 소개 하겠다.

1-2 초대장 회신용 엽서 적는 법

출석 할 경우의 뒷면

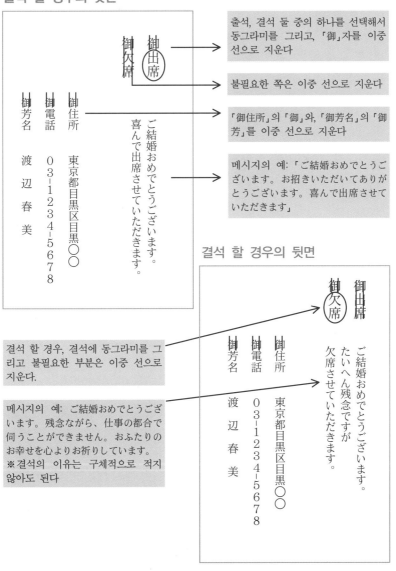

출석, 결석 둘 중의 하나를 선택해서 동그라미를 그리고, 「御」자를 이중 선으로 지운다

불필요한 쪽은 이중 선으로 지운다

「御住所」의 「御」와, 「御芳名」의 「御芳」를 이중 선으로 지운다

메시지의 예: 「ご結婚おめでとうございます。お招きいただいてありがとうございます。喜んで出席させていただきます」

결석 할 경우의 뒷면

결석 할 경우, 결석에 동그라미를 그리고 불필요한 부분은 이중 선으로 지운다.

메시지의 예: ご結婚おめでとうございます。残念ながら、仕事の都合で伺うことができません。おふたりのお幸せを心よりお祈りしています。
※결석의 이유는 구체적으로 적지 않아도 된다

초대장 회신용 엽서의 앞면

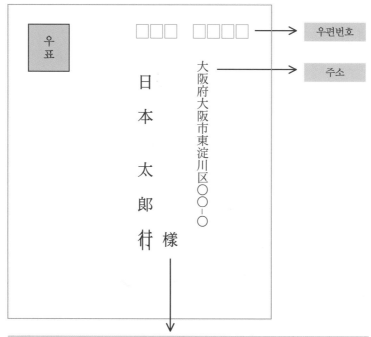

신랑, 신부 쪽에서 회신용 엽서를 보낼 때에 신랑, 신부측에서 보는 입장으로 본인을 낮춰서 행(行)으로 적기 때문에, 회신을 보낼 때는 행을 이중 선으로 지우고 「様」로 고쳐 적는다.

1-3 축전(祝電)을 보내는 법

피로연에 참가하지 못할 경우에는 축전을 보낸다. 전보는 국번(局番) 없이 115번으로 하면 되고, 거식일로부터 한달 전부터 접수한다. 여러 종류의 바탕 종이와 문장의 예가 있으니 문의해서 선택 하면 된다.

최근에는 피로연을 하지 않고 교회 등에서 거식만 올리는 커플도 많다. 그런 경우에는 축전을 보내도 의미가 없으니 신랑신부의 자택으로 보내는 것이 좋다.

1. 축전 예약하기

전화로 예약하기: 115(국번없이)
인터넷 예약하기:
http://www.ntt-east.co.jp/dmail/(NTT東日本)
http://dmail.denpo-west.ne.jp/(NTT西日本)

2. 필요사항

받는 사람: 피로연의 회장 명, 주소, 전화번호
발송 일시: 피로연이 시작하기 2~3시간 전에 도착 하도록 예약
보내는 사람: 여러 명이 보낼 때는 연명으로 기입 할 수 있다

3. 메시지를 전함

미리 준비 되어 있는 견본에서 고르거나, 오리지널 메시지도 가능 하다

1-4 축하의 선물이나 축의금 보내기

피로연에 참석하지 못할 경우에는, 선물이나 현금을 보낸다. 물론 양쪽 다 보내도 괜찮다. 선물이나 현금을 보낼 때는 결혼식의 10일 전까지는 도착 하도록 보내는 것이 예의이다.

현금은 우체국에서 現金書留封筒 겐낑카키도메후우토우(편지처럼 현금을 넣어서, 받는 사람에게 직접 현금이 도착하는 시스템. 카키도메는 받은 사람이 받았다는 사인을 하고, 잘 도착 했는지 확인할 수 있는 방식. 중요한 서류를 보낼 때도 카키도메로 보낸다)에 축의금봉투를 넣어서 축하의 말을 곁들여 書留 카키도메로 우편으로 보내도 된다.

신랑신부와 가까운 사이 일 경우에는 신혼여행에서 돌아왔을 때쯤, 상대가 희망 하는 것을 물어서 필요한 물건을 보내는 방법도 좋다.

선물 중에 칼이나 도자기 등은 [잘리다, 깨지다]라는 뜻으로 신혼부부에게는 보내지 않는 게 예의였으나 최근에는 별로 신경 쓰지 않는 사람도 있다. 그러나, 안전하게 칼, 도자기, 유리 등의 선물은 삼가 하는 게 무난 하겠다.

1-5 축의금은 얼마 정도 해야 하나?

친구의 결혼식에, 피로연까지 참석 했을 때는 2～3만엔, 피로연에 참석하지 않을 때는 1만엔 정도가 일반적이다.

이것은 피로연에 나오는 음식의 대략의 금액이다. 자기 식사비는 자기가 부담 한다는 뜻이다. 금액에 대해서는 별표를 참고로 하기 바란다.

여기에서 주의해야 할 점은, 결혼축의금을 비롯해 모든 경사에는 홀수의 종이돈을 넣는 게 기본이다. 짝수는 반으로 나누기 쉽기 때문에 결혼해서 이혼하지 말라는 뜻이다.

그러나 예외로 8은 괜찮다. 한자로 8은[八], 좁은 데에서 점점 넓어지기 때문에 연기가 좋으므로 용서된다.

4[시]는 한자로 [死시]라는 이미지로 4만엔은 크게 실례가 된다.

홀수 이지만 안 되는 숫자는 9[쿠], 한자로 [苦]도 읽으면 [쿠]가 된다.

친구의 피로연에 초대 받았을 경우, 앞에 설명 했듯이 3만엔이 적절하나, 경제적인 이유로 최근에는 2만엔에 한해서만 이해 하는 듯 싶다. 이 경우에는 적어도 장수라도 홀수가 되도록 1만엔짜리 한 장과 5천엔짜리두 장을 넣어 홀수로 만든다.

몇 사람이 모아서 뒷자리가 생겼을 때는 나머지로 선물을 사서 보내는게 좋다. 예를 들어 3만5천엔이 모였으면 3만엔은 축의금으로 내고, 나머지 5천엔은 선물을 산다.

경사에 내는 돈은 주름 하나 없는 새 돈으로 준비 하는 것이 좋다. 반대로 초상이나 병문안 등은 헌 돈으로 준비 하는 게 좋다.

1-6 축의금의 참조

피로연에 출석 했을 경우 (단위: 엔) 보내는 쪽의 연령

보내는 사람 쪽에서 봤을 때	전체	20대	30대	40대	50대 이상
친구	20,000	20,000	20,000	30,000	30,000
동료	20,000	20,000	30,000	30,000	20,000
부하	30,000	20,000	30,000	30,000	30,000
형제, 자매	100,000	100,000	200,000	*	*
사촌	30,000	20,000 30,000	30,000	30,000	*
조카	50,000	*	50,000	50,000	50,000

피로연에 출석하지 않았을 경우 (단위: 엔)

보내는 사람 쪽에서 봤을 때	전체	20대	30대	40대	50대 이상
친구	10,000	5,000	10,000	10,000	10,000
동료	5,000	20,000	5,000	3,000	10,000
부하	5,000 10,000	*	5,000 10,000	5,000	10,000
친척	10,000	10,000	10,000	30,000	20,000

　　위의 자료는 UFJ은행에서 조사한 데이터이다. 이 금액은 정해진 금액이 아니니 참고로 하길 바란다. 지방에 따라서도 금액의 차이가 있다. * 는 데이터가 얼마 되지 않아 평균치가 없으니 위아래를 참고로 하면 되겠다.

결혼축하에 사용하는 祝儀袋슈우기부쿠로는 水引미즈비키:봉투에 장식하는 끈을 말함)는 結びきり무스비키리로 고른다. 結びきり는 끈을 묶는 방법을 말 하는데 결혼한 부부가 헤어지지 않도록, 풀어지지 않게 묶는다. 水引나 장식이 화려한 봉투는 봉투 안에 넣는 금액이 많을수록 화려한 봉투를 고른다.

시판되어지고 있는 祝儀袋에는 사용용도와 그 봉투에 맞는 금액이 적어져 있으니, 그것을 참고로 하면 틀림이 없을 것이다. 아래 사진의 왼쪽 봉투는 1천엔부터 만엔정도의 금액용이고 오른쪽은 5천엔부터 3만엔정도이다.

축의금봉투(祝儀袋)의 종류

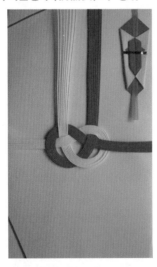 

紅白の結び切り : 무스비키리
빨강색과 흰색 또는 금색과 은색이 흔히 사용되고, 화려한 것은 고액의 축의금을 낼 때 사용하니, 금액에 얼 맞는 봉투를 고르도록 한다.

紅白の蝶結び : 무스비키리
결혼 이외의 경사에 사용한다. 끈을 잡아 당기면 풀리기 때문에 부부의 인연이 풀리지 않도록 결혼에는 사용하면 안된다.

걸봉투에 현금을 직접 넣지 않고, 일반적으로 사용 하는 하얀 봉투에 넣는다. 최근에 시판되고 있는 봉투에는 속봉투가 딸려있다. 속봉투에는 금액 적는 난과 주소와 성명 등의 기입난이 미리 인쇄되어 있으니 편리하다. 현찰은 새것으로 준비해, 돈의 앞면, 뒷면, 그림의 방향을 가지런하게 맞추어 넣는다.

속봉투의 앞면에는 중앙에 금액을 적는다. 숫자는 「壱」「弐」「参」의 한자가 정식이나 「一」「二」「三」으로 적어도 된다.

뒷면에는 주소와 이름을 적는다.

앞면	뒷면

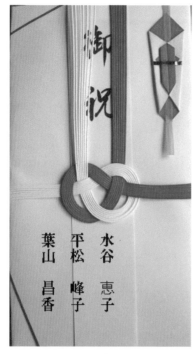

축의금봉투의 앞면은 水引(미즈히키 끈)밑으로 이름을 적는다. 붓으로 적는 게 기본이지만 붓글씨에 자신이 없으면 굵은 사인펜으로 적어도 상관없다.

여러 명이 보낼 경우, 연명은 세 사람까지 적는다.

4명 이상일 경우에는 대표자의 이름을 중앙에 적고, 그 왼쪽에 「外一同」라고 적고, 속봉투에 전원의 이름을 적거나 다른 종이에 적어서 동봉한다.

1-9 袱紗후쿠사에 접는 법

袱紗후쿠사는 손수건 정도 크기의 보자기 같은 것인데, 축의봉투는 그대로 들고 가지 않는다. 일단 袱紗후쿠사에 싸야 한다. 후쿠사가 없을 때는 손수건으로 대용해도 된다. 경사(慶事)와 상사(弔事)는 후쿠사의 접는 방식이 틀리므로 주의하자.

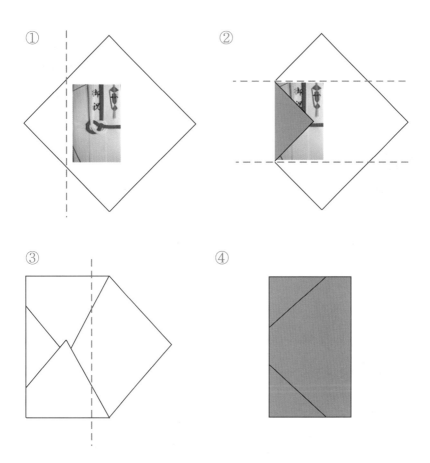

남자는 일반적으로 검은 양복이다.

정식적인 결혼식이나 피로연일 경우, 낮에는 모닝, 저녁은 다키시드 형식의 양복차림이다.

신랑이 친구나 동료인 경우에는 곤색도 괜찮다. 와이셔츠는 흰색.

넥타이는 기본이 흰색이고, 은회색이나 검정과 흰색의 스트라잎을 맨다. 검정색의 넥타이는 초상 때의 복장이므로 절대 엄금.

포켓치후는 넥타이와 같은 것으로 한다

여자의 경우, 밝은 느낌의 복장으로 하고 원피스나 양장을 주로 입는다.

흰색의 옷은 입지 않도록 주의하자. 신부의 웨딩드레스가 흰색이기 때문이다. 그리고 신부보다 눈에 뜨이는 복장은 실례가 된다. 역시 결혼식의 주인공은 신부이다.

핸드백은 숄더 타입을 피하고, 가죽제품중에 특히 악어가죽이나 뱀가죽, 소가죽 등의 제품은 피하는 것이 좋다. 물론 벨트나 구두도 마찬가지이다. 경사스러운 곳이기 때문에 살생을 연상 시키는 물건은 엄금

반짝거리는 액세사리는 하지 않는다. 간단한 코사쥬나 진주로 된 액세사리 정도가 좋다

접수에서 인사하기

접수에 도착하면 축하의 말을 전한다. 접수가 신랑측과 신부측이 나누어 있지 않을 경우,

新婦の友人のキムと申します

신뿌노 유우진노 키무토모우시마스

신부의 친구인 김이라고 합니다

이처럼 어느 쪽의 초대객 인지를 먼저 말한다.
접수가 신랑측과 신부측으로 나누어져 있을 경우에는

本日はおめでとうございます

혼지츠와 오메대토우고자이마스

오늘은 축하드립니다

만으로 충분하다.

방문객 장부에 서명하고 축의금을 낸다

준비되어 있는 방명록에 이름과 주소를 적은다음 후쿠사로부터 축의금봉투를 꺼내 인사말과 함께 낸다. 그리고 축의금봉투를 전할 때는

ささやかですが、お納めください

사사야카데스가 오오사메쿠다사이

조촐하지만 받아 주세요

본인이나 가족에게 인사

피로연이 시작하기 전에, 대기실에서 신랑신부나 가족과 얼굴을 마주
치면 축하의 인사말을 전한다.

本日はおめでとうございます

혼지츠와 오메데토우고자이마스

오늘은 축하드립니다

本日はお招きいただき、ありがとうございます

혼지츠와 오마네키이타다키 아리가토우고자이마스

오늘은 초대해 주셔서 감사합니다

자리에 앉기 전에 동석자에게 인사

피로연회장에 들어서면 지정된 자석에 앉고, 같은 테이블에 먼저 와 있
는 사람이 있을 경우 가볍게 고개를 숙이고 착석한다. 자리에 앉으면 간
단하게 자기소개를 하는 것이 좋다.

キムと申します。新婦の峰子さんには、いつも会社でお世話になって
おります

키무토모우시마스 신뿌노미네코상니와, 이츠모 카이샤데 오세와니 낫테오리마스

김이라고 합니다. 신부인 미네코씨에게는 회사에서 늘 신세지고 있습
니다.

건배와 식사

퇴장 할 때 신랑신부에게 인사

피로연이 끝나면, 신랑신부와 양친이 출입구에게 손님들을 배웅한다. 이때 축하와 초대에 대한 감사의 말을 전하는데 뒷사람을 배려해 인사가 길어지지 않도록 한다.

お幸せに

오시아와세니

행복하시길

本日はありがとうございました。とてもすてきな披露宴でした

혼지츠와 아리가토우고자이마시타. 토테모스테키나 히로우엔데시타

오늘은 고마웠습니다. 멋진 피로연이었습니다

2-1 訃報후호우;부보의 연락을 받았을 때

갑작스럽게 당하는 것이 초상이다. 어느 장소보다도 예절격식이 많은 장소이기도 하다. 사망의 연락을 받았을 때, 먼저 어떤 말을 해야 되는지 망설이게 된다. 평상시에 자주 사용하는 말이 아니니 더욱더 난감할 때가 있다. 이때는

ご連絡ありがとうございました。それはご愁傷さまでございました

고렌라쿠 아리가토우고자이마시타. 소레와 고슈우쇼우사마데고자이마시타

연락 감사합니다. 고통이 크시겠습니다

라고 말하면 충분하다. 상대는 여러 곳에 연락을 해야 하기 때문에 사망 원인을 묻거나, 길게 인사를 늘어놓는 것은 실례가 된다.

그럼 사망해서 상을 치르는 과정을 크게 살펴보자.

사망→사망 당일은 자택에서 가족들과 함께 잔다 →通夜츠야;대부분 사망 다음날에 행해지는데 저녁6시나 7시부터 한 시간 정도 진행되나 방문객이 많은 경우에는 두 시간 정도 소요된다. 장소는 공민관(公民館)이나 집회소(集会所) 또는 전용식장(葬儀式場)에서 많이 하나, 자택이 넓은 경우에는 자택에서 하기도 한다 →葬式소우시키는 通夜의 다음날 오전 중에 거행된다 →告別式(고인과 마지막 인사를 나누는 의식)→ 화장터로 이동

訃報후호의 연락을 받았을 때, 필히 확인해야 할 사항은
- 언제, 어디에서, 누가 사망했는지
- 通夜츠야와 葬儀소우기의 장소는 어디인지

출장 등으로 通夜츠야와 葬儀소우기 어느 쪽에도 참석하지 못할 때에는 ①대리인을 보내도록 한다 ②전보를 친다 ③편지를 쓴다

각별히 친한 사이나 친척이 아니면, 通夜츠야나 葬儀소우기중 한쪽만 참석해도 된다. 원래 通夜츠야는 유족이나 근친자, 친한 친구등 고인(故人)과 깊은 관계의 사람이 모이는 곳이나, 通夜츠야가 저녁시간이므로 최근에는 회사 퇴근 도중에 들리는 케이스가 많아졌다. 물론 시간이 가능하면 양쪽 다 참가하는 것이 좋겠다.

2-2 弔電(쵸우덴;전보)치는 법

신청 하는 곳; 결혼식의 축전과 마찬가지이다

전화(접수시간/8:00~22:00)/115번(국번없이)

인터넷(접수시간/24시간)

NTT東日本　http://www.ntt-east.co.jp/dmail/

NTT西日本　http://www.ntt-west.co.jp/dmail/

※ 19시까지의 신청은 당일 배달되나, 19시 이후의 신청은 다음날 배달
　된다. 가능한 한 葬儀소우기의 전날 도착하도록 수배 한다.

요금: 문자요금은 25자까지가 660엔, 이하 5자에 +90엔

바탕지: 500엔부터 5,000엔까지 ※ 弔電용의 무료의 용지도 있다.

필요사항:

받을 상대/고인과의 관계자일 경우에는 喪主(상주)앞으로 보내고, 상
주가 누구인지 모를 경우, 고인의 이름에 「ご遺族様고이조쿠사마」를 덧붙
인다. 고인의 가족과의 관계자일 경우에는(예를 들어, 고인의 아들의 거
래처 일 경우, 고인의 아들 앞으로)그 가족 앞으로 보낸다.

받을 장소/자택이나 장례식장

문장/자신이 작성 하거나, 준비되어 있는 정형문의 예에서 고르고, 마
지막에 발신인의 이름을 적는다.

1. 상을 당한 유족에게 사용을 금하는 말이 있다. 상식으로 알아 두도록 하
　자. 重ねて카사네테 겹쳐서, 再び후타타비 또 다시, 続いて쯔즈이테 계속
　해서, 返す카에스 되돌리다, またまた마타마타 또, 상을 반복하는 연상을
　주는 말들은 피하는 것이 매너이다.
2. 화환 등의 꽃을 보내기 전에, 반듯이 상가 집에 의논하고 보내야 한다.
　꽃은 초상을 담당하는 장의사에 연락해서 주문하고, 일반 꽃가게에 주문
　할 때는 반드시 종교를 얘기해야 한다. 종교에 따라 색깔 있는 꽃은 장
　식하지 않기도 하고, 꽃 자체도 장식 하지 않는 경우도 있기 때문이다.

2-3 香典(코우덴;부의금)내기

香典이란 부의금을 말하는데, 고인에 대한 상의를 표하는 것과 동시에, 유족에게 초상에 드는 비용을 일부 부담하겠다는 뜻이 담겨있다. 그러나 요 근래에는 香典을 받지 않는 경우도 많아졌다. 왜냐하면 香典을 보낸 사람에게, 상이 끝난 후 답례를 해야 하는 번거러움도 이유의 하나이다.

일반적으로 부의금의 답례는 받은 금액의 1/3정도에 해당하는 물품을 증정 하는 것이 상례이다. 香典을 준비하기 전에 香典을 받는지의 여부를 확인하자.

通夜츠야나 葬儀소우기에 참석하지 못할 경우에는 축의금의 경우와 같이, 現金書留겐킨카키도메로 보내고, 弔電쇼우덴도 보낸다.

그럼, 香典의 금액은 어느 정도 해야 하는지 살펴보기 전에 주의해야 할 점. 香典에 새로운 지폐는 사용 하지 않는다. 새로운 지폐 밖에 없어 피치 못할 경우에는 세워서 한번 접어 주름을 만든다.

香典의 경우도 짝수와 4와 9는 피한다.

어디까지나 참고이니 주의 바람 (단위: 엔)

보내는 사람으로 부터	전체	20대	30대	40대	50대 이상
친구	5,000	5,000	5,000	5,000	10,000
동료	5,000	5,000	3,000	5,000	5,000
근무처사원의 가족	5,000	3,000	3,000	5,000	5,000
이웃	5,000	3,000	5,000	5,000	5,000
조부, 조모	10,000	10,000	10,000	*	*
양친	100,000	*	50,000 100,000	100,000	100,000
형제, 자매	50,000	*	*	50,000	50,000
삼촌, 숙모	10,000	10,000	20,000	10,000	10,000
그 외의 친척	10,000	10,000	10,000	10,000	10,000

弔事(상사)에서는 부의금은 不祝儀袋에 넣는다. 불행이 두 번 다시 일어나지 말라는 뜻으로, 한번 매듭을 지면 풀리지 않는 結び切り무스비키리의 水引미즈히키로 한다. 또 상을 치르는 쪽의 종교에 따라서 봉투의 종류나 적는 말이 달라진다.

어디까지나 자신의 종교에 맞추지 않고, 상대에 맞추어야 한다.

애매할 때는, 공통적으로 사용 할 수 있는 것을 고르면 된다.

상대의 종교에 따라 적는 글이 달라진다.
• ご霊前고레이젠:종교를 불문하고 사용한다.
• お香典・お香奠오코우덴:불교식 장례
• お供오소나에:종교를 불문하고 사용. 通夜・葬儀에서 영전에 올리는 물품(과일 등)에 사용한다.
• 御饌料미케료우:신식장례
• 御花料오하나료우:크리스트교식 장례
• 榊料사카키료우:御饌料와 같이 사용한다.
「玉串料」「幣饌料」라고도 적는다.
• 御ミサ料오미사료우:카톨릭식 장례에 사용한다.

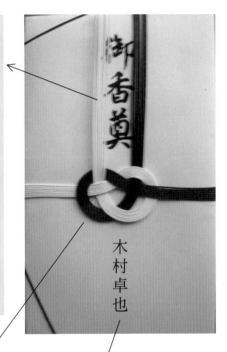

水引미즈히키는 검은색과 흰색을 주로 사용하고, 은색의 한 색깔만으로 사용하기도 한다.

이름은 水引미즈히키의 아래, 중앙에 적고 진한 먹보다 엷은 먹으로 적는다

속봉투

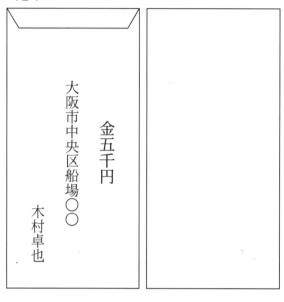

大阪市中央区船場○○

金五千円

木村卓也

속봉투의 겉면에는 아무것도 적지 않고 뒷면에 금액, 이름, 주소를 적는다

겉봉투의 뒷면

오른쪽 그림과 같이 弔事때는 위에서 아래로 겹치고, 慶事때는 아래에서 위로 겹친다. 속봉투를 넣고 나서, 겉봉투를 쌀 때 주의 하도록 한다. 水引미즈히키를 끼우는 방향을 확인한다.

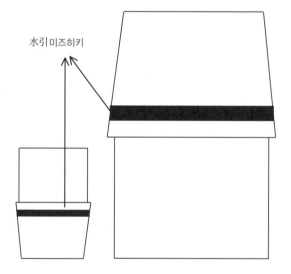

水引미즈히키

袱紗후쿠사에 봉투를 넣어 싸는 방법은 결혼식의 축의금을 쌀때 살펴봤으나, 초상 때에는 싸는 방법이 반대이니 혼동하지 않도록 하자.

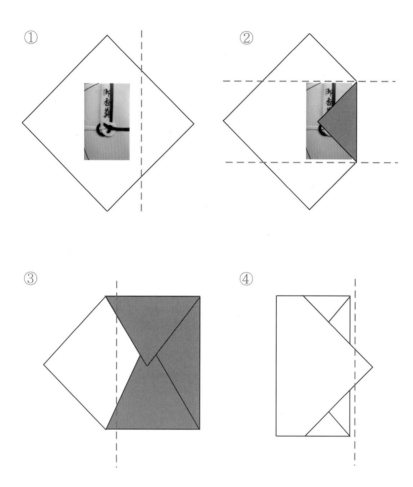

남성의 상복

通夜츠야와 葬儀소우기에 참례 할 때의 복장은 위, 아래 검은 양복에, 셔츠는 하얀색. 넥타이도 검은색으로 맨다.

구두와 양말도 검은색으로 통일 한다.

여성의 상복

여성의 상복은, 키모노인 경우에는 상복이 따로 있으나, 양장일 경우에는 검은 의상으로 얌전한 차림이면 된다.

화장도 너무 진하게 하지 않고, 스커트를 입을 경우, 길이는 무릎 밑으로.

액세사리

액세서리는 진주나 흑진주로, 목걸이와 귀걸이를 한 세트로 한다. 목걸이는 한 줄로만 한다. 초상에서 사용하면 안 되는 말 중에 「重なる」(겹친다)의 뜻이므로 절대로 삼가 한다.

구두와 핸드백

구두와 핸드백은 검은색이 기본이다. 천으로 가공된 것이 바람직하나, 없을 경우에는 가죽제품이더라도 광택이 없는 것이면 상관없다. 금구 등이 딸려 있는 것은 삼가 하자.

通夜에 참석하기

　츠야는, 오후 6시 아니면 7시경에 시작해서, 스님의 독경부터 시작된다. 특별이 불교신자가 아니더라고 상습적으로 거행된다. 그 다음에 유족, 친족, 조문객 순으로 燒香쇼우코우가 진행된다. 일반 조문객의 燒香는 장의사의 직원이 미리 의논해서 정하나, 대부분 국회의원, 자치회의 책임자 등으로 사회적 지위를 고려해서 정하는 것이 일반적이다. 앞의 순으로 燒香가 끝나면 일반조문객이 행렬을 지어 燒香한다. 燒香가 끝나면 通夜ぶるまい츠야부루마이라고 해서, 조문객에게 술과 음료, 식사를 낸다.

　이 때는 유족들만이 참석하는 자리로, 특별히 권하지 않으면 참가하지 않는 것이 예의이다.

접수에서 香典(부의금)을 낸다

　조문을 할 때, 독경이 시작하기 10분 전쯤 도착해서 접수를 한다. 접수에 도착하면 일례하고,

「この度は心よりお悔やみ申し上げます」

코노타비와 코코로요리 오쿠야미 모우시아게마스

「このたびはご愁傷さまでございました」(불교식)

코노타비와 고슈우쇼우사마데고자이마시타

라고 위로의 말을 하고, 香典(부의금)을 낸다.

　명부에 이름과 주소를 기입하면 자리에 앉는다. 좌석은 앞쪽이 유족이고 뒤쪽이 일반 조문객이다. 전문식장은 좌석이 준비 되어 있으나, 좁은 集会所 같은 경우는 노약자를 위한 좌석이 조금 준비되어 있을 정도이니,

될 수 있도록 양보하는 것이 바람직하다.

회사상사를 대신해서 조문 할 경우

위로의 말을 전한 다음, 대리인임을 말한다. 상사가 참석하지 못한 이
유는 구체적으로 말하지 않아도 된다.

本来なら山本(상사의 이름)がうかがうところですが、あいにく出張中
ですので、かわりにご挨拶に参りました

혼라이나라 야마모토가 우카가우토코로데스가, 아이니쿠 슈쵸우츄우데스노데, 카
와리니 고아이사츠니 마이리마시타

원래는 야마모토가 와야 되는데 유감스럽게 출장 중이어서 대신 왔습
니다

焼香(쇼우코우)분향

焼香는 크게 3종류가 있다. ①抹香焼香, ②線香焼香, ③回し焼香

① 抹香焼香; 분말 향으로 가장 많이 사용된다. 향을 올리기 전에 먼저
   유족과 스님에게 일례하고 가볍게 손을 모아 합장한다. 오른손의 엄
   지와 검지와 중간손가락으로 분말 향을 집어, 고개는 숙인 채로 손
   을 눈높이 까지 올린 다음 향로에 향을 놓는다. 종교에 따라서는 한
   번에서 세 번까지 하는 사람도 있다. 세번 하는것이 焼香를 마치면
   고인을 향해 손을 모아 명복을 빌고, 수발자국 물러나, 유족과 스님
   에게 절하고, 자리로 되돌아가거나 퇴장한다.

② 線香焼香; 線香으로 절차는 抹香焼香과 같다. 불을 붙일 때는 준비
   되어 있는 촛불을 사용하고, 향에 붙은 불을 끌 때는 왼손으로 부채
   를 부치듯이 해서 끈다. 꺼지지 않을 때는 향을 흔들어 꺼도 된다.
   입김으로 불지 않도록 주의하자.

③ 回し焼香; 입석이 아니고, 조문객이 방석에 앉아 있을 때, 향을 각
  자리로 돌린다. 절차는 위와 같다.

일본 비즈니스 매너

제13과
연간행사

제13과
연간행사

1   1월

正月쇼우가츠정월(설); 1월1일

정월의 행사로는 年神様토시가미사마를 맞이해 축하하는 의식이다.

神様에게 올린 음식들을 おせち料理오세치료우리로 먹는다.

おせち料理의 내용에는 한 가지 한 가지 깊은 뜻이 담겨져 있어 빠짐 없이 골고루 먹는 것이 상례이다. 예를 들어 검은콩은 豆마메 열심히 일하 라는 뜻이고, 연근은 구멍이 뚫어져 있어 앞을 잘 뚫어 보라는 뜻이다. 새우는 순발력이 있으라는 등등으로 해석한다.

한국에서 떡국을 먹듯이 雑煮죠우니를 먹는데, 각 가정에 따라 맛이 다 르다. 年神様에게 올린 떡이나 야채 등을 넣어 끓여 먹었던 게 유래이다.

初詣하츠모우데는 새해 神社지인쟈에 들려 한해 무사히 보낼 수 있도록 기원하는 것을 말한다. 大晦日(오오미소카;12월31일 밤12시)에 새해가 열 리는 종소리를 들으며 새해를 맞이하는 사람도 많다. 大晦日의 종소리와 함께 메밀국수를 먹는 것이 풍습이다.

역시, 설날 하면 세배 돈이 떠오르는데 「お年玉오토시다마」라고 한다. 세배는 하지 않는다. 「お年玉오토시다마」는 은행에서 빳빳한 새 돈으로 준 비해, 「お年玉」봉투에 넣어서 준다. 보통 초등학생은 3,000엔 정도이고 중학생은 5,000엔 정도이다. 금액은 정해져 있는 것이 아니니 참고로 하 길 바란다.

年賀状넨가죠우연하장

정월 초하루 날 도착하는 것이 연하장이다. 12월 중에 연하장으로 보내면 정월 초하루 날 도착하게끔 배달된다. 미처 준비하지 못해서 늦게 보낼 때는 「寒中見舞い칸츄우미마이」로 써서 보낸다.

七草粥나나쿠사가유; 1월7일

1월7일 아침에는, 無病(무병)·息災(식재)를 비는 뜻으로 일곱 가지의 들에 나는 푸성귀를 뜯어 죽을 끓여 먹는다. 설날 포식해서 지친 위를 달래는 뜻도 있다. 칠초의 종류는 せり세리미나리, なすな나스나냉이(ぺんぺん草펜펜구사)의 다른말, ごぎょう고교우떡쑥으로 母子草하하코구사라고도 한다. はこべら하코베라별꽃, ほとけのざ호토케노자수미단, すずな스즈나순무, すずしろ스즈시로무우를 말한다.

鏡開き카가미비라키; 1월11일

1월11일에, 설날 年神様토시가미사마에게 올린 떡을 거두어, 망치로 깨서, 팥죽을 끓여 먹는다. [開き히라키열다]라고 하는 것은 [깨다]는 말은 이미지가 좋지 않으니 開く라고 표현한다.

小正月코쇼우가츠; 1월15일

1월15일은, 小正月라고 해서 설날 장식했던 물건들을 모아 불에 태우는 행사이다. 태우는 곳이 적당하지 않을 때는 신사에 가지고 간다.

2 2월

節分세츠분절분; 약2월3일경 · 입춘은 음력임으로 변동이 있다

절분은 입춘의 전날을 말한다. 행사로서는 豆まき마메마키콩던지기가 있다. 「福は内、鬼は外후쿠와우치, 오니와소토」복은 안으로, 도깨비는 밖으로라고 말하면서 볶은콩을 던진다. 이때 도깨비의 가면을 쓰고 도깨비 역

할을 하는 것은 대부분 아빠의 담당이다. 연기이니 진짜로 아빠를 쫓아 내는 일이 없도록(농담). 콩 던지기가 끝나면, 자신의 나이만큼 콩을 먹는 다. 슈퍼에서 도깨비의 가면과 볶은 콩을 세트로 판매하는 것이 있다.

3 3월

ひな祭り히나마츠리; 3월3일

딸의 성장을 축하하는 행사로, ひな인형과 복숭아꽃을 장식한다. ひな 인형의 장식은 지방에 따라 다르고, 일반적으로는 계단형식으로 5단이나 7단으로 꾸민다. 현재와 같은 히나인형의 시작은 江戸時代에도지다이라고 한다.

彼岸히간

춘분·추분의 전후 3일간씩, 합계 7일간을 彼岸이라 한다. 근래에는 춘 분의 전후를 彼岸이라 한다. 彼岸이란 원래 [강건너]라는 뜻으로 불교에 서 말하는 깨달음을 의미한다.

성묘하는 날은 특별히 정해져 있는 것은 아니나, 고인의 명일과 추석 (양력8월15일), 그리고 彼岸때에 성묘한다.

4 5월

端午の節句탄고노셋쿠단오절; 5월5일

5월5일은 [어린이의 날]로 휴일이다. 아들이 있는 집안은 아들의 성장 을 축하하기 위해, 五月人形고가츠닌교우 5월 인형을 장식하고, 鯉のぼり코 이노보리잉어의 모양을 한 천수막을 장식한다.

母の日 하하노히; **어머니의 날; 5월 제2주 일요일**

어머니의 날은 미국에서 들어 온 문화이다. 어머니에 대한 감사를 표하는 날로, 카네이션을 보낸다. 아버지의 날은 6월 제3 일요일이다.

5 7월

七夕 타나바타 **칠석; 양력7월7일**

칠석은 오절구의 하나로 전국에서 여러 가지 이벤트가 열린다. 대표적인 것은 대나무 가지에 장식을 하는 「七夕飾り 타나바타카자리」로 다섯 새깔의 종이 「短冊단자쿠」에 소망을 적어 건다.

中元 츄우겐; **7월1일에서 7월15일**

중국에서는 1월15일을 上元, 7월15일을 中元, 10월15일을 下元이라고 한다.

일본에서는 盆봉추석과 연결시켜, 항상 신세지고 있는 분들께 감사의 표시로 물품 등을 보내는 풍습이 있다. 이것을 お中元이라고 한다. 中元의 증정품은 7월1일에서 15일 사이에 도착 하도록 보내고, 15일을 지나면 「暑中御見舞い쇼추우오미마이」, 입추를 지나면 「残暑御見舞い잔쇼우오미마이」라고 한다. お中元은 더울 때이니까, 가급적으로 날것은 피하고 별로 장소를 차지하지 않는 것이 좋겠다.

6 8월

夏の土用 나츠노도요우

土用는 일년에 4번 있으나 근래에는 立秋입추의 전, 약 18일간을 말하는 것이 일반적이다. 이 시기는 일년 중에서도 가장 더운 때로, 더위를 이겨내는 영양보충으로 장어구이를 먹는 것이 풍습이다.

盆봉; 추석; 8월13일에서 8월16일까지

13일은 추석행사가 시작되는 날로, 이날은 성묘를 하고 묘를 청소한다. 집에서는 精靈棚쇼우료우다나제단을 만들고, 불을 피워 선조의 혼을 맞이한다.

精靈送り쇼우료우오쿠리

16일은 선조의 혼을 맞이한 것과 같이, 배웅의 불을 밝혀 선조를 배웅한다. 제단에 올렸던 음식 등을 강이나 바다에 흘려보내는 것을 精靈流し쇼우료우나가시라고 한다.

7 9월

月見츠키미

음력 8월15일은 달맞이를 하는 풍습이 있다. 이 때 한국에서는 추석명절이다. 달은 가을이 가장 아름다운 시기로, 음력 7월과 8월, 9월을 말하는 데, 그 중에서도 가장 아름다운 때가 8월의 달이다. 별칭 中秋츄우슈우라고도 한다. 둥그런 달을 보면서, 동그랗게 만든 떡을 먹으며 달밤을 즐긴다.

8 12월

歲暮세이보

お歲暮오세이보는, 늘 신세지고 있는 분들에게, 일년간의 감사의 마음을 담아 보내는 선물을 말한다. 12월 10일부터 20일까지 도착하도록 보내는

것이 일반적이다. 선물의 내용은 설날 먹을 수 있는 식료품이나 일용잡화 등을 보낸다. 선물과 함께 인사문을 반드시 곁들어 보내는 것이 예의이다.

冬至토우지

동지는 음력으로 11월7일경으로 일년 중, 해가 가장 짧은 날이다. 추위가 심해지는 때이기도 하니, 추위에도 건강하게 보낼 수 있도록 목욕탕에 유자를 넣어 몸을 따듯하게 해서 감기에 걸리지 않도록 한다.

또, 호박을 먹는 풍습이 있는데, 중풍의 예방이 된다고 한다.

天皇誕生日텐노우탄죠우비; **12월23일**

천왕의 탄생일로, 휴일이다.

クリスマス크리스마스; **12월25일**

원래는 종교적인 행사일 이나, 근래에는 종교와 관계없이 일반화 되어 세계적인 경축일이기도 하다. 한국에서는 휴일 이지만 일본에서는 평일이다.

일본 비즈니스 매너

초판인쇄　2008년 12월 19일
초판발행　2008년 12월 31일

저자　하야마 마사코(葉山昌香)
발행　제이앤씨
등록　제7-220호

주소　서울특별시 도봉구 창동 624-1 현대홈시티 102-1206
전화　(02)992-3253(대)
팩스　(02)991-1285
전자우편　jncbook@hanmail.net
홈페이지　http://www.jncbook.co.kr
책임편집　김연수

ⓒ 하야마 마사코(葉山昌香) 2008 All rights reserved. Printed in KOREA

ISBN 978-89-5668-669-1 93830　　　　　　　　　　　　　　**정가** 18,000원